COLLECTION VOIX NARRATIVES
dirigée par André Lamontagne

# LE PRINCE AFRICAIN, LE TRADUCTEUR ET LE NAZI

## DU MÊME AUTEUR

*Le vieil homme sans voix*
Ottawa, Éditions David, 2019.

*Le bonheur est un parfum sans nom*
Ottawa, Éditions David, 2017.

*Pour l'amour de Dimitri*
Ottawa, Éditions David, 2015.

*Un ancien d'Afrique*
Ottawa, Éditions du Vermillon, 2014.

*Le complexe de Trafalgar*
Ottawa, Éditions du Vermillon, 2012.

*Le soixantième parallèle*
Ottawa, Éditions du Vermillon, 2010.

*Un passage vers l'Occident*
Ottawa, Éditions du Vermillon, 2007.

*Ce pays qui est le mien*
Ottawa, Éditions du Vermillon, 2003.

*Toronto, je t'aime*
Ottawa, Éditions du Vermillon, 2000;
Prix Trillium, 2000.

Didier Leclair

# Le prince africain, le traducteur et le nazi

ROMAN

David

**Catalogage avant publication de Bibliothèque et Archives Canada**

Titre : Le prince africain, le traducteur et le nazi / Didier Leclair.

Noms : Leclair, Didier, auteur.

Collections : Voix narratives.

Description : Mention de collection : Voix narratives

Identifiants : Canadiana (livre imprimé) 20230574793 |
Canadiana (livre numérique) 20230574882 |
ISBN 9782895979708 (couverture souple) |
ISBN 9782895979722 (EPUB) |
ISBN 9782895979715 (PDF)

Classification : LCC PS8573.E3385 P75 2024 | CDD C843/.6—dc23

Nous remercions le Gouvernement du Canada, le Conseil des arts du Canada, le Conseil des arts de l'Ontario et la Ville d'Ottawa pour leur appui à nos activités d'édition.

Les Éditions David
269, rue Montfort, Ottawa (Ontario) K1L 5P1
Téléphone : 613-695-3339 | Télécopieur : 613-695-3334
info@editionsdavid.com | editionsdavid.com


Dépôt légal (Québec et Ottawa), 1er trimestre 2024

*À Chester Himes, l'inoubliable.*
*À Serge Cimpaye, mon frère de toujours.*

# Un prince à la gare du nord

LA GARE du Nord fourmillait de Parisiens et d'étrangers aux pas rapides et aux regards craintifs. Paris sous l'Occupation regorgeait de citadins prêts à fuir la capitale. Nous étions en novembre 1941. Certains étaient munis de visas en bonne et due forme, d'autres n'avaient que des documents de faussaires qui ne tromperaient pas les contrôles des soldats allemands, accompagnés de leurs chiens au museau fureteur. Toutes les âmes présentes sur les vastes quais étaient habitées d'une trépidation mal cachée.

Jean de Dieu, traducteur d'un prince angolais, accompagnait son patron au wagon des premières classes d'un train à destination de Lisbonne. Il s'agissait de Son Altesse Antonio Jose Henrique Dos Santos Mbwafu du royaume Kongo. C'était l'un des fils du monarque kongolais installé sur le trône depuis 1923.

Le royaume Kongo se trouvait sur le territoire de l'Angola. Il avait rétréci comme peau de chagrin à cause de la traite négrière et de la colonisation portugaise. En cette année-là, le royaume était dirigé par un certain Pedro VII. En vérité, il ne dirigeait pas grand-chose. L'État portugais lui octroyait une pension et il se chargeait de résoudre des conflits locaux entre ses sujets, notamment à propos du bétail. Le Portugal tolérait sa présence pour apaiser les tensions avec les indigènes qui tenaient à garder un semblant de dignité avec un souverain symbolique à leur tête.

Le père du prince avait eu huit épouses et une vingtaine d'enfants. Avant de monter sur le trône, il avait dû se convertir au catholicisme et n'en épouser qu'une seule selon les rites catholiques du mariage. Il avait gardé les autres épouses en retrait. Quand il avait été temps de penser à une éventuelle succession, il avait choisi l'aîné de tous ses enfants afin qu'il s'instruise en Europe.

Prince Antonio s'adressa à Jean de Dieu en swahili : « Tu vas trouver l'argent du loyer au fond de la garde-robe, dans ma chambre, et assure-toi de payer le charbonnier. Surtout, évite de traîner dehors la nuit, on ne sait jamais. »

Le jeune homme répondit avec déférence et aida son patron, qui n'avait que vingt-cinq ans, à monter dans son compartiment en lui tenant sa canne à pommeau en ivoire. Les bourgeois leur jetaient des coups d'œil, curieux de constater l'élégance de cet Africain. Il portait un pantalon en flanelle aux larges revers et des richelieu en cuir, cirés à la perfection. Son blazer bleu à rayures aux boutons dorés était confectionné sur mesure. Quant à son manteau en tweed vert forêt, il avait des rebords larges sur lesquels on voyait les armoiries du royaume Kongo et le drapeau bicolore portugais avec sa sphère. De sa poche du haut sortaient des gants noirs, également en cuir. Il était difficile de trouver du cuir à Paris sous l'Occupation, mais cela ne semblait pas être un problème pour le prince. Avant de disparaître, il fit mine d'enlever son chapeau Homburg, en laissant passer devant lui une dame mûre qui cherchait son siège. Jean de Dieu descendit rapidement sur le quai et salua une dernière fois le prince de la main.

« Safari njema ! » lança-t-il, en espérant que Son Altesse l'entende. « Bon voyage », lui souhaitait-il alors que le train se mettait en branle. Prince Antonio l'entendit puisqu'il répondit, à peine audible sous les bruits des pistons et des moteurs, « Asante ! », ce qui voulait dire merci.

Il devait revenir dans trois ou quatre semaines au plus tard. C'était un voyage d'affaires. Son Altesse se rendait au port de Lisbonne pour récupérer une cargaison de café de l'Angola que son père, Son Excellence Pedro VII, l'avait chargé de revendre à des commerçants locaux. Le souverain avait eu l'aval des autorités portugaises, car la maigre pension de l'État colonisateur ne pouvait subvenir à tous les besoins de sa grande famille.

Jean de Dieu avait vite compris, à voir le train de vie de son employeur, que le prince ne dépendait pas du café de son père. Il avait conclu lors de son premier jour de travail qu'il s'agissait de trafic de diamants. Le traducteur avait questionné Prince Antonio, qui avait confirmé ce fait sans la moindre hésitation. Il avait expliqué, avec une certaine éloquence, que le pillage de l'Afrique par les colons était bien plus répréhensible que son commerce. Il ne faisait, selon lui, que jouir de ce que sa mère-patrie avait dans le ventre.

L'Angolais, qui appréciait la sagacité de son employé, lui avait donné le rôle d'intercesseur. Il devait questionner tout visiteur sur son identité et l'objet de sa visite. Si le client était francophone, Jean de Dieu traduisait à haute voix en swahili. Prince Antonio, qui écoutait dans une autre pièce, appuyait sur le bouton d'une lampe verte afin de le laisser entrer. La lampe rouge produisait l'effet contraire. Jean de Dieu conseillait au visiteur de partir avant que les choses ne se gâtent. Il pouvait être convaincant, une arme au poing.

Les visiteurs négociaient des prix faramineux. Les diamantaires suisses ou russes, la loupe à l'œil, scrutaient des pierres taillées venues d'Angola et sortaient des liasses de dollars.

Officiellement, Jean de Dieu avait rencontré le père d'Antonio au Congo belge, trois ans plus tôt. Le souverain s'était déplacé afin de trouver quelqu'un qui aiderait son fils en traduisant ses cours à l'Institut d'ethnologie de Paris, le temps qu'il apprenne le français. Il s'agissait de donner à Prince Antonio une solide connaissance des cultures africaines afin qu'un jour, il le remplace sur le trône.

Le prince était en Europe depuis cinq ans. Il avait tenté d'étudier les sciences économiques à Lisbonne, mais cela avait été un échec. Paris et l'ethnologie étaient sa deuxième tentative d'obtenir un diplôme universitaire. En vérité, le roi Pedro VII participait au trafic de Prince Antonio en lui envoyant les plus belles pierres enfouies dans des sacs de café. Le diplôme universitaire n'était qu'un prétexte pour obtenir un visa de séjour.

Recommandé par un missionnaire catholique belge qui avait vu chez Jean de Dieu « un indigène doté d'une intelligence au-dessus de ses pairs », le traducteur avait été envoyé à Lisbonne rejoindre le prince. Puis ils avaient fait le voyage ensemble en train vers Paris.

Depuis trois ans à Paris, Prince Antonio n'allait jamais en cours. Il passait son temps à rencontrer des clients pour son trafic et des compatriotes angolais qui sollicitaient des faveurs diverses. Il jouait davantage le rôle de consul d'Angola qu'autre chose. Par conséquent, Jean de Dieu s'était mis à étudier à sa place parce qu'il trouvait l'ethnologie fascinante. Il allait à l'Institut et se faisait passer pour Prince Antonio, avec l'accord de son patron.

# Retour à l'appartement de Prince Antonio

JEAN DE Dieu sortit de la Gare du Nord d'un pas sûr même s'il craignait d'être surveillé. L'Office central de la sûreté du Reich (RSHA), composante de la fameuse Schutzstaffel (SS), s'intéressait aux activités d'Antonio depuis quelques mois. Le prince gagnait de l'argent non déclaré et tout cela excitait la convoitise des officiers allemands qui flairaient un filon juteux, un moyen de se sucrer en rançonnant l'Angolais.

Le traducteur avait le même âge que le prince et ils partageaient, chose étrange, la même date de naissance. Les points communs s'arrêtaient là. Contrairement à son patron aux traits faciaux larges et aux épaules carrées, le traducteur possédait l'allure de ces mannequins de mode masculins, longs et effilés. Ses traits étaient également nuancés. Des yeux aux paupières lourdes, souvent cachés derrière des lunettes de soleil, un nez aquilin et une bouche aux lèvres noires, comme ses gencives d'ailleurs, qu'on apercevait chaque fois qu'il souriait. Sa taille, au-dessus d'un mètre quatre-vingts, et sa vivacité naturelle intimidaient souvent ses interlocuteurs. Il se déplaçait avec aisance et portait sur son entourage un regard pénétrant et inquisiteur.

Le traducteur était issu d'une caste sociale du Congo belge qu'on appelait « les évolués ». Le colonisateur belge avait eu besoin d'indigènes instruits dès les années trente. C'était une main-d'œuvre bon marché et les colons leur donnaient un salaire de misère. On utilisait les évolués dans des tâches de bureau. Jean de Dieu, qui se destinait à la prêtrise, avait bifurqué vers l'administration coloniale dès l'âge de dix-huit ans. Il s'était rendu compte que les tentations charnelles de Léopoldville, capitale coloniale, étaient bien plus fortes que sa foi religieuse. D'abord, il avait été recruté pour corriger les documents officiels au bureau du gouverneur belge. Ensuite, il avait passé une année comme traducteur pour un cartographe flamand qui se déplaçait avec des porteurs dans la savane congolaise. Jean de Dieu traduisait aussi bien le lingala, le swahili que le kikongo. Il comprenait également l'allemand qu'un prêtre flamand lui avait enseigné au petit séminaire. C'était à cet ancien professeur d'allemand qu'il avait confié son ennui mortel dans la brousse en compagnie du cartographe. Quelque temps après, le Flamand avait pensé à lui quand Pedro VII était venu cogner à sa porte. On était en 1938.

* *
*

Jean de Dieu s'arrêta devant une affiche et alluma une gitane. On lisait sur l'image de propagande : « *Populations abandonnées, faites confiance au soldat allemand !* » On y voyait un soldat de la Wehrmacht en compagnie de trois enfants, l'air protecteur et rassurant. Il passa les quelques taxis qui roulaient au bois et d'autres au charbon. Plus loin, il évita deux taxis-vélos qui venaient de prendre leur client.

Le traducteur fit signe au chauffeur d'une Renault aux phares chromés. Le modèle était une Celtaquatre de couleur beige. Elle semblait presque neuve, même si on n'en fabriquait plus pour cause de guerre. Carrosserie reluisante, calandre inclinée, coupe aérodynamique et banquette intérieure recouverte d'un velours fin et amovible. Les roues aux jantes à rayons s'immobilisèrent devant Jean de Dieu, qui épousseta de la cendre tombée sur son manteau de laine blanc cassé.

Lui aussi était sapé. Il portait un pantalon brun brodé de chevrons et une veste de même couleur à double boutonnage, croisée. Sa chemise blanche arborait une cravate bleue et des boutons de manchettes. Son chapeau était un fedora beige à ruban noir. C'était le résultat de l'influence de Prince Antonio. Avant de le connaître, il s'habillait sobrement et donnait l'allure modeste qu'on lui avait inculquée au petit séminaire. Depuis, de l'eau avait coulé sous les ponts.

Le chauffeur s'appelait Hans et travaillait aussi pour Prince Antonio. Hans jouait souvent le rôle de garde du corps. Il fouillait les clients diamantaires avant leur entretien avec Prince Antonio et restait derrière son patron lors de transactions financières. Au moindre geste suspect, il sortait son arme. Originaire de Mayence, une ville au sud de la Rhénanie, ce métis allemand détestait les uniformes vert-de-gris qui pullulaient à Paris. Il avait une bonne raison. Il appartenait à la communauté tristement surnommée les « bâtards de Rhénanie ». D'un père tirailleur originaire du Sénégal et d'une mère blanche, Hans n'avait pas eu une enfance facile à cause de la couleur de sa peau.

Le Sénégalais avait fait partie des troupes coloniales d'occupation de la Rhénanie après la défaite de l'Allemagne lors de la Première Guerre mondiale. Hans n'avait pas revu son père depuis l'âge de dix-sept ans. Ça faisait maintenant cinq ans. Quant à sa mère, elle était morte d'une embolie pulmonaire. Le dernier souhait qu'elle avait murmuré à son fils avait été de retrouver son père, Mamadou. Il devait être quelque part en France, d'après les dernières lettres qu'elle avait reçues.

Une fois au pouvoir, les nazis avaient interdit le métissage des Allemands et quand Hans avait reçu une convocation de la Sipo-SD, la police de sécurité allemande, il savait de quoi il s'agissait. Le programme forcé mis en place par Adolf Hitler visait à stériliser des milliers de métis allemands. Hans s'était réfugié à Paris.

* *
*

Une fois assis à côté du chauffeur, Jean de Dieu lui dit :

— Au QG, Hans.

Le chauffeur fit mine de sourire et mit la voiture en branle. Il savait ce que cela voulait dire. Le traducteur allait profiter du bel appartement de son patron en y buvant du champagne acheté au marché noir et en fumant des cigares. Il avait l'accord de Prince Antonio qui ne voulait surtout pas que son traducteur s'éloigne trop longtemps de son coffre-fort. Ce dernier se trouvait au fond de son armoire, elle-même garnie des derniers costumes à la mode.

Hans était décontracté quand Prince Antonio était absent. Il savait que Jean de Dieu pouvait se défendre. Il lui avait donné un pistolet Ruby, un semi-automatique de production française avec un étui pour la cheville, et l'avait entraîné à tirer, loin de Paris, au milieu de la campagne.

Quant à lui, il possédait un Luger, un 9 mm à la poignée en ivoire, logé dans le creux de son dos.

Hans évita de faire de la vitesse. Ils prirent Barbès, puis Porte de Clignancourt et la voiture ronronnait au quart de tour. Hans en prenait grandement soin parce qu'il savait qu'en cas de poursuite avec les tractions avant des SS, il fallait un véhicule en bon état pour espérer leur échapper.

Grâce à Prince Antonio, son chauffeur possédait les meilleurs faux papiers qu'on puisse trouver à Paris sous l'Occupation. Son Altesse avait dépensé une petite fortune. Le faussaire embauché, un ancien de la police judiciaire, communiste notoire, avait donné au garde du corps le nom de Jules Montlouis, ressortissant français. Il y avait un tampon de la police d'État qui débordait sur sa photo, comme l'exigeait le protocole.

Jean de Dieu, lui, possédait une carte d'identité portugaise, « Republica Portuguesa », que Prince Antonio lui avait donnée quand ils étaient dans le train à destination de Paris.

« Ton nom est désormais Joao de Deus Kassoma. Tu es ressortissant de la colonie angolaise et tu es mon traducteur et mon secrétaire particulier. Le visa de séjour est en règle », avait dit Son Altesse sans attendre sa réponse.

Jean de Dieu avait poliment demandé la raison de ces faux papiers. Son Altesse avait expliqué qu'il avait eu quelques « difficultés administratives » avec les autorités françaises et pour lui éviter les mêmes tracasseries, il valait mieux qu'il en soit ainsi. C'était avant que Jean de Dieu ne découvre la véritable occupation de son patron.

Le traducteur s'était bien accommodé de la situation. Il ne souhaitait aucunement reprendre le bateau pour le Congo belge. Il avait failli y mourir d'ennui auprès d'un cartographe qui nommait chaque rivière et cours d'eau d'après des dieux de la mythologie grecque.

Le traducteur du prince habitait un petit appartement, rue Grégoire-de-Tours. Il s'appelait Jean de Dieu N'kuba, originaire de la colonie belge Rwanda-Urundi, deux territoires minuscules collés au grand Congo.

* *
*

La Renault se gara dans une ruelle située à quelques minutes de l'appartement du prince. Jean de Dieu sortit en premier. Hans resta dans le véhicule et fixa le rétroviseur. Puis, il le suivit à bonne distance.

Une fois au rez-de-chaussée, le traducteur prit les escaliers jusqu'au troisième étage. Hans évolua derrière, comme un chat silencieux. Ils ne rencontrèrent personne dans le couloir et une fois à l'intérieur de l'appartement, l'Africain alla directement dans la chambre du patron. Il avait promis de donner à Hans son salaire deux jours plus tôt. Le chauffeur comptait s'acheter un nouveau costume pour assister à un spectacle de jazz, quelque part dans un club de Pigalle.

L'Africain lança l'argent ficelé sorti du coffre-fort.

— Je t'ai ajouté un petit bonus.

Merci, je vais boire à ta santé.

Jean de Dieu referma le coffre-fort et alla au salon avec son ami. Tout l'intérieur était cossu pour un appartement sous l'Occupation. Des meubles de style Louis XIV, quelques dorures élimées sur les coussins bleu azur, un tapis persan, une table à manger en noyer, un piano qui prenait la poussière sous sa housse au coin et surtout un bar en forme de globe. Il y avait également le portrait du roi Kongo contre un mur et en face de lui, celui de Prince Antonio en habit d'apparat. Il sortit un brandy et deux verres à pied de la sphère ouverte. La boisson, achetée illégalement, n'avait pas de nom. Mais elle brûla leur gorge et picota leurs yeux, sensations qu'ils cherchaient en ce matin d'hiver.

L'horloge indiquait dix heures et le coucou sortit faire son petit spectacle sans que les deux hommes n'y prêtent attention. Ils étaient habitués.

Hans jeta un coup d'œil par la fenêtre en soulevant de lourds rideaux passepoilés et la lumière du jour lui fit froncer les sourcils.

« Encore une belle journée pour survivre », dit-il à lui-même.

Ensuite, Hans sortit sans ajouter un mot. Jean de Dieu le regarda disparaître au coin de la rue et décida de prendre un bain. Il chauffa de l'eau sur le fourneau à charbon et transporta prudemment plusieurs carafes d'eau bouillante dans la baignoire qui accommodait ses longues jambes. Il ajouta un peu d'eau froide et s'y installa avec un livre et un cigare. L'eau fumante le décontractait et le cigare faisait des volutes de fumée grise au-dessus de sa tête. Il avait mis en marche le phonographe Pathé en forme de valise et l'aiguille tournait sur un disque de Charles Trenet. Il l'avait acheté pour que Prince Antonio puisse pratiquer son français. Mais son patron le mettait seulement pour impressionner les midinettes qui venaient le voir.

*Boum ! Quand notre cœur fait boum, tout avec lui dit boum ! Et c'est l'amour qui s'éveille !*

Il écoutait distraitement puisque son livre accaparait sa concentration. Son allemand scolaire exigeait de lire lentement. Il avait entre les mains *Théorie de l'hérédité humaine et hygiène raciale* de l'ethnologue nazi Fritz Lenz, paru dans les années trente. Le livre était au programme des études de Prince Antonio. Le traducteur tenait à comprendre la méthode d'analyse erronée de ses ennemis. Il ne se faisait pas d'illusion ; la guerre était là pour durer. Le Führer n'avait pas tenu compte des accords de Munich de 1938. Pire, l'Africain se doutait qu'Hitler ne respecterait pas le traité de non-agression avec les Soviétiques. Ça faisait maintenant quatre mois que le chef allemand avait lancé son armée à la conquête de l'URSS : l'opération Barbarossa. « Cet homme ne s'arrêtera jamais. Il faudra le liquider », conclut Jean de Dieu, tirant sur son cigare. Il lut assidûment son livre. Comprendre les intellectuels nazis lui donnait un avantage. Il savait ce qui les obsédait, tandis qu'eux ignoraient tout de lui. Pour ces ethnologues, l'Afrique était un grenier où se servir et les Africains, des animaux doués de mimétisme. Jean de Dieu restait fasciné par le degré d'ignorance de ces nazis.

Charles Trenet s'interrompit brusquement et Jean de Dieu entendit des pas dans le salon. Il jeta son livre sur le sol carrelé de la salle de bain et éteignit son cigare dans l'eau, puis se mit debout pour enjamber le rebord du bain. Sa main s'approcha du tiroir sous le miroir en face de lui. Le patron y laissait toujours un revolver chargé. Mais il n'eut pas le temps de mettre la main dessus. Un soldat de la Wehrmacht le mit en joue avec son pistolet automatique. Jean de Dieu leva les mains en l'air, tout nu. Le militaire lui fit signe de sortir et ordonna en allemand de se dépêcher. Son cœur battait rapidement et ses yeux fixaient le bout du canon comme si cela pouvait empêcher le militaire de tirer.

Le lieutenant le poussa au salon, toujours sans rien sur le corps, les mains en l'air. L'Allemand apporta l'essai d'ethnologie aux pages humides avec lui. Deux autres soldats armés de fusils-mitrailleurs, en position de tir, attendaient l'ordre d'un major qui lui tournait le dos, occupé à observer la belle vue de Paris, à la fenêtre.

Il fit volte-face et Jean de Dieu découvrit un homme d'âge mûr, peut-être fin de la cinquantaine, rasé de près, un monocle sur son œil droit et une moue de dégoût sur des lèvres fines et pâles. Il faisait de l'embonpoint mais cachait bien cela dans sa posture raide. Il prit son temps pour observer le traducteur, nu et dégoulinant d'eau. L'expression de son visage ne changea pas. Au contraire, il mit ses mains gantées sur le torse de l'Africain et regarda son index comme pour vérifier si sa couleur allait déteindre. Le lieutenant lui montra la lecture de Jean de Dieu et le major hocha la tête. Il voyait bien à qui il avait affaire. Un aristocrate intellectuel. Le major respira bruyamment pour signifier son exaspération :

— Prince Antonio ?

— Heu... non.

L'officier jeta rapidement un coup d'œil sur ses gardes et l'un d'entre eux donna un coup de crosse de fusil au menton de Jean de Dieu. Celui-ci eut à peine le temps de lever les bras pour se protéger. Il sentit sa lèvre inférieure enfler presque instantanément. La douleur le fit grimacer. Le traducteur tremblait de froid et l'officier n'y prêta pas attention.

— Major F. Baumeister, dit-il en guise de présentation.

Il fit le tour de l'Africain comme s'il s'agissait d'une représentation difforme d'un mystérieux extraterrestre.

— Je recommence, avertit le nazi. Prince Antonio ?

Cette fois, l'Africain nu hésita à répondre et pointa du doigt la photo du prince qui trônait au salon, non loin de celle de son père couronné, un sceptre à la main.

L'officier s'approcha de la photo du prince accrochée au mur du salon.

— C'est vous qui fréquentez l'Institut d'ethnologie, n'est-ce pas ?

— Oui, je prends des cours d'ethnologie à Paris. Mais je ne suis pas Prince Antonio.

— Votre nom.

— Joao de Deus Kassoma, traducteur de Prince Antonio.

Il se tourna vers un de ses soldats et dit en allemand :

— Ces gens, ils se baignent dans l'appartement de leur patron ? Pas possible.

Le traducteur fit comme s'il n'avait rien compris.

— Papiers, ordonna Baumeister.

Il fit signe au major qu'il devait aller dans la salle de bain pour les retirer de ses habits. L'officier donna son accord d'un geste de la tête. Jean de Dieu se pressa dans l'autre pièce, mit son pantalon sous le regard vigilant d'un militaire. Puis il revint avec ses papiers en main. Le major les consulta avec le même dégoût que tout à l'heure. Le nazi pouvait embarquer cet Africain immédiatement afin de l'interroger. Mais il le prit pour du menu fretin. Un major n'arrêtait pas un petit traducteur. Un officier de son rang mettait la main au collet d'un prince ou d'un baron.

— Où est Prince Antonio ?

— En voyage à Lisbonne. Il devrait être de retour dans trois ou quatre semaines.

Le major Baumeister jeta les papiers sur le sol et fit un geste de la tête pour que ses gardes le suivent. Juste avant de franchir la porte de sortie, il s'adressa à lui sans se départir d'un dédain appuyé.

— Dites à Prince Antonio qu'il est convoqué à l'Hôtel Majestic dès son retour. Ne me faites pas revenir ici. Cet endroit pue le trafic de diamants.

Le nazi était persuadé que le prince reviendrait en catastrophe pour tenter de le soudoyer et proposer une entente afin de continuer son trafic.

L'Hôtel Majestic, quartier général du haut commandement nazi, se trouvait dans l'avenue Kléber. Les suspects qui y entraient n'en ressortaient pas tous vivants.

Jean de Dieu comprit qu'il fallait déguerpir et informer son patron le plus vite possible. Un bras de fer venait d'être engagé.

# Major F. Baumeister

LE MAJOR, membre du service d'intelligence nazi, faisait partie des Sicherheitsdienst, communément appelés SD. Il avait obtenu le poste à Paris grâce à sa carrière d'arriviste. Il avait joint l'organisation nazie à ses débuts, dans les années trente. L'individu montait les échelons patiemment.

Baumeister avait commencé par les rixes dans les bars enfumés de Hambourg contre les communistes, puis il avait pris part aux intimidations et aux arrestations des intellectuels opposés au nazisme à Berlin. Son coup de maître avait été son rôle dans l'annexion de l'Autriche en 1938. Ce natif de Hambourg avait organisé des opérations clandestines, des actes de sabotage et des assassinats d'opposants autrichiens afin de forcer l'Anschluss.

L'officier avait également participé à l'invasion de la Pologne en septembre 1939. Il avait recruté et formé des tueurs d'élite dans la mafia polonaise et slovaque. Baumeister avait même fait de la contrebande d'or et de diamants volés aux Juifs au profit de ses supérieurs.

Ses chefs l'avaient envoyé à Paris à cause de sa maîtrise de la langue française. Sa mère, une femme sévère et froide, lui avait enseigné dans une école privée. De plus, il savait écraser les poches de résistance urbaine. Il torturait pour extraire l'information avec la patience d'un sadique. Étant donné que la Résistance française devenait plus organisée, il fallait un tortionnaire du calibre de Baumeister pour y remettre de l'ordre.

* *
*

Le nazi était de retour au quatrième étage de l'Hôtel Majestic. Son bureau, spacieux et richement meublé, symbolisait sa réussite. Il ne pouvait plus rater son parcours. Vu qu'il n'était pas un jeune officier, on ne lui donnerait pas deux fois sa chance. Sur son bureau, face à lui, on voyait la photo de sa fille avec son mari en uniforme. Elle avait épousé un jeune soldat qui se battait sur le front de l'Est. Le major plaça la photo près de sa table de travail pour se donner l'image d'un père de famille respectable. Sa femme et sa fille ignoraient tout de ses activités de tortionnaire. Elles le croyaient administrateur.

Devant lui, il y avait trois piles de documents que sa secrétaire, Magda, avait disposées avant de sortir. La pile jaune à l'extrême gauche contenait les cas qui nécessitaient une vérification, la pile brune représentait les cas prometteurs et la dernière, de couleur rouge, la plus haute, constituait les arrestations et les résultats des interrogatoires.

Le cas de Prince Antonio venait d'une dénonciation d'un voisin de palier, Simon Giraudoux. L'homme vendait de l'alcool illégalement aux restaurateurs parisiens. Il brassait de grosses affaires et pouvait se payer un appartement chic dans les beaux quartiers. L'histoire avait fini à la police de son arrondissement. Simon, qui se faisait appeler « Pastis », était rapidement passé aux aveux quand on l'avait pendu la tête en bas pendant de nombreuses minutes. Le major avait constaté que les procédures policières pour faire parler un suspect s'étaient développées sous l'Occupation. Mais pour éviter la prison, l'homme avait donné son voisin de palier, le prince africain. Il l'avait décrit comme un faux étudiant noir toujours sur son trente-et-un, dont le prénom était Antonio. Il recevait des hommes en costume avec des mallettes à des heures avancées de la nuit. Ce faux étudiant ne parlait pas un mot de français. Il ne réussissait qu'à échanger les salutations de rigueur en tant que voisin. Pastis avait ajouté que cet Africain se déplaçait dans Paris avec son traducteur et son chauffeur.

Grâce à ce tuyau, Pastis n'avait écopé que d'une amende de 200 francs et on lui avait confisqué toutes les bouteilles alcoolisées qu'il stockait dans un hangar en banlieue parisienne.

Les policiers avaient créé le dossier de Prince Antonio qu'ils avaient appelé « Diamants noirs ». Ils soupçonnaient l'individu d'espionnage et croyaient qu'il se prétendait prince africain. La police judiciaire avait transféré l'enquête au service d'intelligence nazi, la Gestapo. Cette affaire méritait le doigté des experts allemands. Depuis cette dénonciation et l'ouverture de l'enquête, Prince Antonio figurait dans la pile qui nécessitait une vérification. On avait retrouvé sa trace comme étudiant à l'Institut d'ethnologie de Paris. La Gestapo était débarquée à l'Institut et avait exigé un compte-rendu sur le prince. L'étudiant noir était brillant, selon les notes des professeurs. Ils avaient décrit un homme grand et mince, au port altier mais qui ne venait pas en classe de façon régulière, même s'il rendait toujours ses travaux à temps.

Voilà pourquoi le major Baumeister avait conclu, après son entrée dans l'appartement, qu'il avait en face de lui le prince noir. Or, l'homme avait nié et, une fois interrogé, s'était exprimé sans le moindre accent portugais. Ce fait avait intrigué grandement l'officier allemand et Jean de Dieu échappa ainsi au coup de filet. Le nazi préférait l'utiliser comme appât. Le traducteur donnerait l'alerte à son patron qui serait contraint, à son retour, de négocier son maintien en liberté en échange de pierres précieuses. C'était du moins l'analyse du major. Il admettait que ces Noirs devaient descendre des singes pour être si facilement rançonnés. Il serait riche dans quelques semaines et sans la moindre goutte de sueur. Qui avait dit que les biens mal acquis ne profitaient jamais ? Pas un nazi.

Toutefois, Baumeister savait qu'il devait faire preuve de prudence dans cette affaire. Le prince était ressortissant d'un pays neutre, le Portugal. Un indigène sous la protection des autorités portugaises. Après quelques coups de fil à des agents secrets à Lisbonne, on l'informa que Prince Antonio avait quelques amis bien placés aux douanes et au gouvernement de Salazar. À Lisbonne, le Noir était intouchable. À Paris, il fallait y mettre la forme. Autrement, les Lisboètes qui profitaient de ses largesses pour fermer les yeux sur ses importations illégales crieraient au meurtre et demanderaient des comptes. Le nazi n'avait pas besoin de mettre ses supérieurs dans l'embarras et de se retrouver sur un champ de bataille en Libye pour aider des militaires italiens incompétents. Par conséquent, le major ordonna de mettre l'appartement du prince sous écoute téléphonique et d'établir une filature du traducteur de Son Altesse pour savoir quand le prince noir rentrerait. Il l'arrêterait personnellement pour garder le contrôle de la situation et empocher ses pierres précieuses.

Baumeister déplaça le dossier de Prince Antonio dans la pile brune. L'affaire semblait maintenant prometteuse.

Cette analyse lui rendit sa bonne humeur. Ces derniers temps, dans la pile rouge, il n'y avait que des torturés qui mouraient sans parler. Les attentats contre le transport ferroviaire, le sabotage des lignes électriques et l'assassinat de soldats allemands isolés commençaient à lui saper le moral. C'était à Chalon-Sur-Saône, Bourg-En-Bresse, Grenoble et la liste s'allongeait. Ces résistants, en bandes organisées, semblaient décidés et prêts à mourir en martyrs. Bien sûr, les journaux collaborationnistes n'en parlaient jamais et une des tâches du major était de s'assurer que ça continuait. La population française ne devait surtout pas caresser le rêve d'une éventuelle libération. Il fallait qu'elle travaille dur pour fournir l'empire allemand en énergie au charbon et en main-d'œuvre dans les usines d'armements en Allemagne. L'Allemagne nazie attendait des locomotives, des camions et des chevaux de trait pour l'agriculture.

# Jean de Dieu se met au travail

Le traducteur avait quitté l'appartement de son patron une quinzaine de minutes après le départ de Baumeister et ses hommes. Il avait pris soin de brouiller les pistes des filatures. Après Châtelet-Les-Halles, il marcha en direction de la rue Pierre-Lescot, ensuite rue des Innocents, rue de la Ferronnerie et un slalom jusqu'au métro Rambuteau, le voilà disparu dans les entrailles de la terre. Il fallait qu'il entre en contact avec Prince Antonio. Assis dans un photomaton, il se prit en photo en attendant que le train démarre. Il détestait cette bosse à la bouche. Baumeister ne perdait rien pour attendre. Il se promit d'avoir sa revanche. Il sortit rapidement du photomaton juste au moment où les portes du métro allaient se refermer.

Il arriva chez un ami. Armando Luis Pereira possédait un café dans la rue Champollion, dans le 5e arrondissement. Le Brésilien avait baptisé l'endroit « Le croissant doré ». Il fourmillait d'étudiants qui révisaient leurs cours devant une tasse refroidissant et d'autres qui chuchotaient et se lamentaient du manque de liberté à leurs meilleurs amis. Il ne faisait aucun doute que les nazis y envoyaient des informateurs, mais le Brésilien jouait fort du Maurice Chevalier, du Suzy Solidor ou même du Édith Piaf pour rendre les conversations difficiles à intercepter.

Prince Antonio avait aidé à financer l'achat du café en argent liquide. Ainsi, à la banque, on ne connaissait pas les liens qui les unissaient. Le Brésilien, un musicien de quarante ans, avait tenté sa chance dans les cabarets de Paris dans les années trente, sans succès. Il s'était épris d'une Française et s'était installé pour de bon. Armando avait rencontré sa femme avant la guerre alors qu'il jouait de la samba avec une guitare, un été, dans la rue Dauphine. Quant au prince, leurs chemins s'étaient croisés à un spectacle de musique brésilienne. Le cafetier était le relais entre les employés du prince et lui quand il se trouvait hors de France.

Jean de Dieu entra et commanda un verre de vin en carafe. Armando apporta la boisson et le traducteur paya immédiatement, avec un message codé entre les billets. Il s'agissait d'un mot pour le prince. Le propriétaire alla composer un numéro à l'arrière de l'établissement. Quand le cafetier eut la téléphoniste au bout du fil, il lui confia un numéro de téléphone de Lisbonne. Celle-ci le pria d'attendre le temps d'établir la connexion. Armando entendit un déclic et une voix grave et familière dit en portugais :

— Allo ?

— Pouvez-vous me passer Matheus Gomes ?

— Il n'y a personne répondant à ce nom ici, désolé.

Le Brésilien raccrocha, satisfait d'avoir fait sa part, aussi simple qu'elle était.

Au bout du fil, il avait reconnu la voix de son ami, Prince Antonio. Ce dernier avait pris l'appel de l'appartement luxueux qu'il louait en permanence à Lisbonne, non loin de la Place du Commerce, dans le quartier de Baixa.

Le message lui fit un choc et il dut s'asseoir pour reprendre ses esprits. C'était clair. On lui disait : « Ne reviens pas à Paris pour le moment, quelque chose ne tourne pas rond. » Mais quoi ? Il alla à la baie vitrée qui donnait sur des toits aux briques brunes. On distinguait aisément la statue équestre du roi Joseph I^er^ du Portugal. Il s'imagina, comme lui, écrasant des serpents avec sa monture au galop.

Son Altesse finit par se calmer et prendre la situation avec philosophie. Il irait au port de Lisbonne accueillir la cargaison de café de son père. Le prince soudoierait les douaniers, retirerait les diamants dans des sachets spéciaux et acheminerait le café aux meilleurs hôtels de la capitale portugaise. Ensuite, il enverrait les bénéfices au roi Pedro VII, et tout cela prendrait facilement quatre semaines s'il prenait son temps, jusqu'aux fêtes de fin d'année. Puis il faudrait prendre une décision. Retourner à Paris ou exiger de ses deux acolytes qu'ils viennent le rejoindre.

Mais il restait le problème des diamants. Il possédait de très belles pierres fort convoitées. Il revenait toujours à Lisbonne avant de vider sa marchandise, histoire de ne jamais être à court de pierres précieuses. Elles étaient dans l'appartement, à Paris. Si les nazis mettaient la main dessus, il perdrait une fortune. Il conclut qu'un officier l'attendait pour le rançonner. Autrement, les Allemands auraient déjà perquisitionné son appartement. Peut-être voulait-on un pourcentage à long terme ? Bien sûr, il était hors de question pour Prince Antonio de se soumettre à eux. Les diamants devraient être déplacés.

On n'en était pas encore là. De sa fenêtre, il observait des milliers de *refugiados* faisant la queue sous une pluie hivernale devant les guichets de la Poste centrale, près d'une grande place. Ces réfugiés tentaient d'obtenir un visa pour ailleurs, loin des nazis et de la persécution. Ils étaient Juifs, mais aussi Polonais, Tchèques, Français, tous pourchassés et à bout de souffle. L'Angolais devinait les questions des douaniers, leurs exigences pour les laisser fuir. Comment sont-ils sortis des pays traversés avant d'arriver au Portugal ? Ont-ils le visa de transit à Lisbonne ? Connaissaient-ils quelqu'un aux États-Unis ? En Argentine ? Pouvaient-ils montrer leurs billets d'avion ou de bateau ? Une multitude de questions comme des poignards dans le dos de fugitifs épuisés.

Prince Antonio eut un pincement au cœur. Sarah. Ce nom qui ne l'abandonnait pas. Pourtant, à Paris, il y avait des Isabelle, Nathalie et même une Fatou qui avaient bercé ses nuits dans l'appartement de La Muette. Mais Sarah, cette petite brune qui avait teint sa chevelure blonde pour faire moins juive, s'était logée dans son cœur. Elle lui avait fait un beau gamin, encore bébé. Cette preuve d'amour en temps de guerre l'émouvait profondément. Si les nazis apprenaient leur existence, ils le feraient chanter. Il songea à un moyen de les mettre à l'abri. Avant ce coup de fil, il était persuadé qu'il les protégeait. Maintenant, il savait qu'il pouvait les perdre.

Elle habitait dans un appartement discret dans le 19e arrondissement, non loin des Abattoirs de la Villette. Il s'agissait d'une Polonaise, Sarah Lazowski, surnommée Suzy. Elle avait fui l'invasion allemande en 1939 et travaillait dans un salon de coiffure de la rue de Rennes. Il ne parlait pas français, elle ne parlait pas portugais. Mais il avait suffi de quelques mots en anglais primaire pour allumer l'étincelle entre eux. C'était dans une station de métro. Un renseignement qu'il avait demandé et un échange de regards. Elle avait compris qu'il voulait la revoir. C'était un bel homme, digne et élégant. Il ne semblait rien forcer et avait attendu, patiemment, plusieurs semaines, qu'elle se donne à lui, une nuit d'été. Elle se doutait qu'Antonio fréquentait d'autres femmes. Mais elle savait qu'ils partageaient un amour véritable. En ces temps de guerre, Suzy trouvait que c'était déjà beaucoup. Elle vivait sans être sûre des jours à venir.

Prince Antonio observa le Tage, fleuve qu'il voyait en bordure de la Place commerciale. Le cours d'eau se jetait dans l'océan Atlantique et l'Angolais se promit de faire sortir Sarah et son petit Rodolfo dès que possible.

# La nuit, tous les chats sont gris

Jean de Dieu faisait les cent pas dans la rue Saint-Georges, dans le 9e arrondissement. Il s'y trouvait depuis que la nuit était tombée. Ça faisait une demi-heure qu'il attendait quelqu'un. Les Parisiens fortunés se pressaient pour aller au cinéma, d'autres allaient boire un pot dans un café avec des amis. Puis il y avait ceux qui, valises en main, cherchaient où habiter après les bombardements de la RAF (Royal Air Force). La nuit consistait en d'autres univers, peuplés de riches aristocrates flambeurs au jeu, de communistes démunis crevant les pneus des Mercedes de dignitaires, d'affamés et de gueux, victimes des rations alimentaires imposées par l'occupant. Le froid forçait les Parisiens à presser le pas. Les soldats allemands, eux, bien nourris et emmitouflés, se déplaçaient en groupe et visitaient des lieux de divertissement.

Le traducteur entra dans un café pour se réchauffer. Fedora vissé et légèrement incliné, il fumait une gitane en attendant une amie qui travaillait pas loin. Son cognac Raynal restait intouché sur la table du café, non loin de la maison close appelée « Le chat botté ». Il faisait semblant de lire *La Gerbe*, un journal fasciste qui faisait la une avec l'arrestation de résistants sur le point de faire exploser des camions de ravitaillement pour les soldats allemands. En réalité, Jean de Dieu tentait de capter les bribes de phrases autour de lui afin de savoir s'il fallait quitter les lieux rapidement. Que faisait son amie Jenny ? Elle travaillait au Chat botté et était une des attractions principales de la maison. Asiatique, cheveux de jais longs et soyeux, yeux bridés et sourire énigmatique. Il l'avait rencontrée grâce à Hans qui offrait ses services de chauffeur à certaines de ces dames de nuit quand elles habitaient à l'autre bout de la ville. Il utilisait le véhicule de Prince Antonio et gagnait beaucoup d'argent. En effet, la pénurie de carburant se faisait de plus en plus sentir et les chauffeurs circulaient peu, la nuit, pour économiser. Hans lui avait dit une fois qu'elle lui rappelait son ami, Jean de Dieu. « Dans quelle mesure ? » s'était-elle enquis. « Tu donnes l'air de n'avoir peur de rien ni de personne. » Elle avait souri et dit en allumant le bout de son fume-cigarette : « Je sais reconnaître mes ennemis, je couche avec eux. » Quand l'Africain avait entendu cette réplique de la bouche du chauffeur, il avait tenu à la rencontrer et à la recruter. Savoir ce que les nazis préparaient pouvait toujours être utile pour un trafiquant.

Quelqu'un entra dans le café et se dirigea vers Jean de Dieu. C'était elle, maquillée comme une déesse de la nuit, dans un manteau noir à fausse fourrure à l'encolure. Sa mine en disait long. Elle n'était pas contente. Elle s'assit en face de lui après avoir souri à Roger, le propriétaire derrière le comptoir. Il allait lui apporter sa boisson favorite du moment, un vin chaud saupoudré de cannelle.

Elle ouvrit sa main ; il s'y trouvait un petit miroir qu'elle utilisait pour vérifier la clientèle.

— Tu sais que je suis occupée à cette heure-ci.

— C'était urgent, répondit Jean de Dieu, sans quitter le journal des yeux.

— J'ai trois passes par jour, ça fait dix-huit passes sur six jours. J'en aurai moins cette semaine, à cause de toi.

L'Africain sourit avec un brin de reproche dans le regard. Il la connaissait bien, Jenny. Elle voulait tout le temps lui rappeler ce qu'elle faisait pour vivre. C'était sa façon de le provoquer et de sonder son opinion sur la question. Il ne commentait jamais.

— Tu sais que si je prends le risque de te voir au travail et pas chez toi, c'est parce qu'il y a un problème.

Elle l'écoutait, inquiète. Il baissa la voix.

— J'ai eu la visite d'un « vert-de-bleu ». Un certain major F. Baumeister. Ça te dit quelque chose ?

Elle fit mine de réfléchir.

— Non. Mais je vois qu'ils t'ont laissé un souvenir, ajouta Jenny, en indiquant la lèvre inférieure de l'Africain.

Elle sortit un mouchoir de sa poche de manteau et l'appliqua sur sa lèvre. Jean de Dieu se laissa faire quelques secondes en grimaçant. Puis il recula la tête et dit :

— Ça va, je survivrai.

Vexée, elle rangea son mouchoir et croisa les bras en attendant la suite.

— Désormais, n'appelle pas chez le prince. Ne t'y rends pas. L'endroit est sûrement surveillé. Si tu as des informations à me donner, passe par Hans.

— Ils l'ont arrêté ?

— Non. Le prince est à Lisbonne. Mais ils m'ont pris pour lui.

Il indiqua le journal sur la table.

— J'ai mis quelque chose pour toi.

— Merci.

Jenny sourit pour la première fois depuis qu'elle l'avait rejoint. Il admit qu'il attendait ce moment, sans se l'avouer. Il aimait voir la blancheur de ses dents.

— J'ai une faveur à te demander. Peux-tu te renseigner sur les activités de Baumeister en dehors du bureau ? Sur sa vie privée, la nuit ?

C'était sa spécialité. Jenny avait fait plusieurs maisons closes. Le contexte de l'Occupation était à son avantage. La soldatesque allemande et les bourgeois collaborationnistes avaient soif d'exotisme. Il y avait les belles Noires qui se contorsionnaient pour eux à la Joséphine Baker, puis venaient les Indiennes et les Chinoises. Ce n'était pas toujours dans cet ordre, mais l'exotisme des femmes venues d'ailleurs valait son pesant d'or.

— D'accord. Mais je ne te promets rien. Les filles ont de plus en plus peur. Ces soldats sont nerveux et les confidences sur l'oreiller sont moins fréquentes.

— Fais de ton mieux. J'ai besoin de savoir les petits secrets de cet officier. Il me doit quelque chose.

Jenny posa encore ses yeux sur la lèvre inférieure de Jean de Dieu.

— Demande à Lola de s'occuper de ça.

Elle nota le léger froncement de sourcils.

— Oh, c'est fini avec Lola.

Brune, longue comme une girafe et plutôt lourde au niveau du bassin. Pas grave, une de perdue, dix de retrouvées.

Jean de Dieu avait commis l'erreur de croiser le chemin de Jenny au bras d'une conquête, une fleuriste de la rue Dauphine qui s'appelait Lola. Il avait dû faire les présentations et Jenny n'avait rien oublié.

— Oui, c'est fini avec elle. Elle posait trop de questions inutiles. Comme toi.

Vexée à nouveau, elle prit le journal et ajouta avant de partir :

— J'allais te faire la bise, mais n'en ai plus envie.

Elle tourna les talons et rejoignit les piétons parisiens qui passaient devant le café. Jean de Dieu regretta son dernier commentaire. En réalité, Lola s'était enfuie sans lui laisser d'adresse. C'était ça, la vie sous l'Occupation. À peine connue, déjà oubliée.

Il aurait aimé une bise de Jenny.

Le traducteur finit son cognac et se dirigea vers son domicile. L'heure avançait et les noctambules se faisaient rares. Les contrôles devenaient plus fréquents. Il montra ses papiers à deux policiers à vélo, leur cape au vent. Il fallait encore une fois s'assurer de ne pas être suivi. Alors le traducteur se glissa dans l'ombre d'une porte cochère sur son chemin pour écouter les pas des passants et leurs conversations. Il s'agissait de gens pressés de rentrer. Il n'y avait aucun risque.

L'Africain arriva dans la rue Grégoire-de-Tours. Il habitait dans la partie sud. Une fois dans l'immeuble, il appela l'ascenseur sans le prendre. Ensuite, il monta les marches silencieusement, afin de voir si quelqu'un l'attendait devant chez lui. Il n'y avait personne. Une fois à l'intérieur, Jean de Dieu s'installa confortablement devant son réchaud au charbon et prit un bouquin sur l'histoire des peuples germaniques dans sa bibliothèque bien fournie.

# Jenny, la Chinoise qui venait de loin

Si on lui demandait ce qu'était l'exotisme, Jenny répondrait : « C'est ce qui paie mon loyer. » Elle pensait qu'il n'y avait rien de particulier dans ses yeux bridés et dans son corps menu, aux courbes étroites et fermes. Elle avait quitté un pays, à la fin des années trente, rempli de femmes comme elle. Cela dit, elle se savait rare et convoitée à Paris. Née dans le nord de la Chine, non loin de la frontière avec l'Union soviétique, Jenny avait pris la décision à quinze ans de séduire pour fuir. Elle voulait se rendre à Hong Kong mais n'avait pas réussi. Alors elle était entrée à Macao au bras d'un administrateur portugais qui cherchait une domestique et avait trouvé une jeune amante. Rappelé à Lisbonne, le fonctionnaire avait fait le voyage avec elle et elle avait abandonné son amant dès que l'occasion s'était présentée. Trop vieux et déjà marié. À cette époque, elle se faisait appeler Cherry. Son vrai nom était Lee Hong Ma, mais on ne pouvait pas aller très loin dans la séduction avec ça en Occident.

Elle avait décidé de quitter Lisbonne pour tenter sa chance à Paris, après avoir vu la Ville Lumière dans une salle de cinéma de la capitale portugaise. Elle ne savait pas danser, mais Jenny pouvait attirer l'attention des hommes. Toujours coquette et la taille fine, elle fumait des cigarettes à la menthe avec une langueur suave et rêvait d'un rôle au cinéma. Il n'en avait pas fallu plus pour que la jeune femme fasse le voyage. En 1938, l'Espagne était dévorée par une guerre civile. Jenny savait que pour se rendre dans la capitale française en tant que femme seule, il fallait du sang-froid et de l'audace. Son escale à Barcelone, aux mains des Républicains, lui avait valu d'être interrogée par les forces anarchistes et antifascistes.

Elle avait attendu en ligne avec, dans ses mains, ses papiers de citoyenne portugaise, originaire de Macao. Son ex-amant, sans rancune, s'était assuré de lui fournir les documents et un visa de sortie. L'individu d'à peine trente ans qui l'avait précédée dans la file à Barcelone n'avait pas convaincu l'interrogateur. Il gisait quelque part dans un fourré, non loin, avec deux balles dans la tempe.

Elle avait gardé son sang-froid tout le long d'un interrogatoire sur ses origines chinoises. Les militaires l'avaient soupçonnée d'être une espionne à la solde de Mao. Mais son dédain envers les maoïstes était sincère et elle était arrivée saine et sauve à Paris.

L'invasion allemande l'avait prise de court. La jeune femme misait sur la France pour résister. La prise de la Pologne en 1939 avait été impressionnante. Mais quand la Wehrmacht s'était tournée vers l'Europe occidentale, alors Jenny avait compris que les Allemands se rendraient à Paris. En effet, au mois de mai 1940, le Luxembourg, les Pays-Bas et la Belgique avaient été annexés. Jenny s'apprêtait à retourner à Lisbonne quand les bruits de bottes germaniques étaient entrés dans Paris. Quelque chose s'était produit en elle en voyant tous ces militaires salir de leur présence cette ville dont elle s'était éprise.

Jenny, la femme libre, celle qui s'était promis la liberté depuis sa Chine natale, n'allait pas reculer. Si elle avait réussi à survivre aux chefs de bandes armées chinoises contrôlant le commerce de l'opium, elle n'allait pas se soumettre à des excités qui se saluaient comme des statues romaines.

Maintenant, il y avait cet Africain qui occupait ses pensées, depuis une année environ. Elle avait su, dès qu'elle avait posé son regard sur Jean de Dieu, qu'il volerait son cœur. Hans, en la ramenant chez elle, s'était arrêté chez son ami pour faire les présentations. Elle avait vu un homme svelte, le sourire avenant et avait noté cette façon de charmer sans jamais le dire. Il lui avait parlé de tout et de rien dans un français qui vous laissait songeur. Jenny était tombée amoureuse une seule fois avant lui. Il s'appelait Jian et voulait être chanteur de swing. Il avait commencé avec elle comme choriste à Macao et s'était perdu dans l'opium. Son premier amour s'était transformé peu à peu en proxénète. Il l'avait vendue à ses amis pour l'opium dont il était devenu dépendant. Voilà ce que la drogue avait arraché à Jenny. Son chagrin d'amour avait fini par se dissiper. Mais pour ne jamais se brûler à nouveau, elle avait pris le maquis dans les vices des hommes, à l'opposé de leur cœur. Là, elle y régnait comme maîtresse absolue. Elle se donnait sans s'offrir et ainsi, elle restait blindée aux brûlures et trahisons des promesses brisées. Or, cet Africain s'était permis de s'immiscer dans ses fantasmes et ses folies. Comment le lui dire, sans le faire fuir ? Que valait l'amour d'une prostituée ? Quelquefois, elle arrivait à oublier cette attraction en prenant pour amant un de ses jeunes admirateurs amoureux d'exotisme, mais ça ne durait que quelques mois avant qu'elle ne se retrouve à nouveau attirée par Jean de Dieu. Il n'avait jamais eu de commentaires irrespectueux pour sa profession. Chaque fois qu'il passait à son travail, les autres femmes remarquaient qu'ils se parlaient presque comme un couple. Jenny avait beau leur dire qu'il n'était qu'un ami, elles n'y croyaient guère. « Quand on passe son temps à satisfaire les pulsions des autres, on détecte plus facilement les vrais sentiments », avait dit sa voyante et voisine de palier, Gigi.

Dans son appartement, elle fredonnait souvent *L'accordéoniste* d'Édith Piaf. C'était un peu son sort et elle le savait bien.

*La fille de joie est belle*
*Au coin de la rue là-bas*
*Elle a une clientèle*
*Qui lui remplit son bas*
*Quand son boulot s'achève*
*Elle s'en va à son tour*
*Chercher un peu de rêve.*

# Hans et l'appartement du prince

HANS AVAIT fait une sortie dans son nouveau costume. Il quitta le Ménil-Palace, un cinéma de quartier où il venait de voir *L'héritier des Mondésir*, une comédie qui passait en sortie générale. Les films en exclusivité auraient contraint le jeune homme à payer le ticket deux fois plus cher.

Il prit le métro et se rendit au domicile de Prince Antonio où il comptait boire un bon whisky avec Jean de Dieu. Il ignorait que son ami avait reçu la visite de la Gestapo et qu'il ne s'y trouvait plus.

Hans marchait rapidement dans la nuit. Ses pas mesurés résonnaient dans les ruelles obscures. Ses yeux, à l'affût du moindre bruit suspect, remarquaient le regard fauve des chats de gouttière. Ils se battaient et lâchaient des miaulements stridents. Les soldats de la Wehrmacht s'étaient multipliés dans les rues. Le chauffeur du prince évita un contrôle dans une voie menant à l'appartement en bifurquant rapidement dans une autre. Les militaires molestaient un ivrogne et ne remarquèrent pas sa manœuvre. En plus, la lumière des réverbères était faible. Les lampadaires noircis rendaient les bombardements des pilotes de la Royal Air Force plus difficiles.

Le jeune homme jeta un coup d'œil à l'étage, du trottoir d'en face. Quelque chose ne tournait pas rond. Tout paraissait noir. D'habitude, il y avait une lueur à la fenêtre de la chambre du prince. Le logement semblait vide. Hans regarda les automobiles garées devant l'immeuble. Pas d'occupant. Il décida de monter pour vérifier si Jean de Dieu s'était endormi en oubliant simplement de laisser sa lampe de chevet allumée. Il avait la clé du rez-de-chaussée. Une fois qu'il déverrouilla la porte, il regretta sa précipitation. Deux têtes, cachées dans une des voitures garées en face, se dressèrent. Il referma la porte sans pénétrer dans l'immeuble, regrettant d'être tombé dans un piège. Les deux hommes, en costume sombre et austère, sortirent rapidement. Il flaira la Gestapo.

— Police ! Arrête-toi, dit un Français.

Il n'obtempéra pas et disparut au coin de la rue.

— Police ! Ne bouge pas ou je tire, cria l'autre.

Hans s'était précipité dans la pénombre. Il courait vite sur le pavé. Il tenait déjà, dans sa main, son Luger à la poignée en ivoire. Le premier policier trébucha sur le pavé dans la noirceur, l'autre l'aida à se relever avant de reprendre la poursuite. Cette chute fut salutaire pour Hans. Il atteignit la voiture du prince.

Les deux hommes avancèrent chacun d'un côté des voitures garées dans la ruelle. Les pas s'étaient tus et les deux poursuivants se demandaient où se camouflait le suspect. Méthodiquement, ils vérifièrent sous les véhicules et à l'intérieur de ceux-ci. Ils arrivèrent au bout de la petite ruelle et se regardèrent, ébahis. Mais où ce Noir a-t-il pu filer ? L'un d'entre eux songea à la bouche d'égout, mais le fuyard n'aurait jamais eu le temps de soulever le lourd couvercle en métal pour s'y glisser rapidement.

— Merde ! lâcha l'autre, furieux.

Il s'imaginait déjà l'engueulade de leur supérieur. C'étaient les bureaux de la rue Kléber qui avaient demandé la surveillance de l'immeuble. Toute cette attente pour un échec ? Non, le Noir ne devait pas être loin. Peut-être dans une voiture, mais laquelle ? Ils avaient regardé mais peut-être précipitamment, se dit l'un des hommes.

— T'as vu à quoi il ressemble ? demanda l'autre.

— Non. Noir sur noir, commenta son collègue.

Ils ignoraient que Hans les écoutait, le souffle court. Les policiers se grattaient encore la tête, perplexes, et l'un commença à penser au meilleur mensonge possible pour leur chef. L'autre, plus perspicace, réalisa que le suspect pouvait les observer. Toucher à un de ces véhicules pouvait être fatal. Il garda son arme en main, tandis que l'autre l'avait rangée.

Dans l'obscurité, ils n'avaient pas remarqué qu'une des voitures avait la portière du chauffeur mal fermée. Hans se dissimulait dans la Renault beige. Heureusement qu'il gardait toujours les clés. Il eut la présence d'esprit d'éteindre la lumière du plafond avant de s'y cacher. Un des hommes avait regardé à l'intérieur. Il ne vit rien bouger. Hans fit feu à travers la vitre arrière sur le policier armé. Un tir dans la tête qui l'étala presque immédiatement sur le sol, dans un bruit de verre cassé. L'autre s'immobilisa et regretta d'avoir déjà rangé son arme dans son étui, sous ses aisselles. Il leva les mains sans se retourner.

— Attends, ne tire pas. C'était un contrôle de routine. On peut parler, proposa-t-il, d'un ton peu crédible.

Hans ne répondit pas. L'endroit allait être plein de policiers dans quelques minutes.

L'homme de la Gestapo se tourna rapidement, la main dans sa veste. Il n'eut pas le temps de dégainer. Le chauffeur l'avait atteint d'un coup à la poitrine, toujours de la vitre arrière. Il s'effondra sur le dos et ses yeux se fermèrent.

Hans sortit du véhicule, rangea son arme et jeta un coup d'œil aux fenêtres des appartements aux alentours. Il ne vit personne, mais cela ne voulait rien dire. Depuis l'Occupation, Paris était un nid de délateurs, d'opportunistes en tout genre. Il était persuadé que des inconnus essayeraient de voler les pistolets automatiques des deux policiers avant l'arrivée des secours. Avant de partir, il vérifia la veste du second homme. Sa carte d'identité disait qu'il s'agissait d'un membre de la Gestapo française de la rue Lauriston, aussi appelée « la carlingue ». Hans savait qu'une fois embarqué, il ne serait jamais sorti vivant.

Il mit la Renault en marche et prit la direction de Créteil. La voiture était son seul salut pour quitter les lieux. Hans connaissait bien les rues de Paris. Quand il déposait Jenny, il respectait la limite de vitesse, présentait ses papiers aux policiers et ceux de Jenny. Ensuite, il leur expliquait que la femme à l'arrière était la maîtresse d'un officier allemand de l'Hôtel Crillon. C'était le siège du gouverneur militaire de Paris. On le laissait passer, sans le questionner davantage.

Hans croisa des agents de l'ordre à vélo qui sifflèrent pour qu'il s'arrête mais il n'en fit rien. Le signalement de la voiture allait être connu dans quelques heures et il fallait qu'il se rende à destination avant que tout Paris ne cherche ce véhicule. Il arriva dans la banlieue une dizaine de minutes plus tard et tourna dans la rue Chéret, puis stoppa à gauche, rue du Cap. Il sortit en laissant le moteur en marche et cogna aux carreaux des fenêtres. La petite maison avait un garage et quelqu'un, un Noir, jeta un coup d'œil à la fenêtre. Puis le garage s'ouvrit, deux autres Noirs firent des gestes pour guider la Renault à l'intérieur.

Une fois les portes fermées, la lumière du salon s'éteignit à nouveau et le silence revint dans cette banlieue du sud-est de Paris.

Les trois hommes regardèrent Hans sortir de la voiture. Le garage était calfeutré de façon à ce qu'aucune lumière ne se voie de l'extérieur.

Ils étaient assis autour d'une table avec un jeu de cartes, des verres et une grande bouteille de whisky américain, à moitié pleine.

Hans, heureux d'être à l'abri, éclata de rire. Son ami, le musicien Mathias Bombo, lui dit en allemand de la fermer, un sourire aux lèvres.

— Tu vas réveiller tout le quartier.

Le chauffeur donna l'accolade à Mathias, surnommé Matty. Il fit de même avec Jean Monséjour et Sylvestre Dubonnet, deux musiciens martiniquais.

Hans avait fait la connaissance de Matty, originaire du Cameroun, alors qu'il jouait de la guitare à La Cigale, à Montmartre. Il avait emmené une de ces femmes de compagnie à la salle de spectacle. Hans espérait en trouver une autre sur place qui cherchait un chauffeur. Sur la scène, Matty faisait partie du quintette du Hot Club de France. Il remplaçait le guitariste accompagnateur de Django Reinhardt. Hans n'en croyait pas ses yeux. Un Noir qui jouait sur la même scène que Reinhardt. Le choc avait été total. Hans était resté pour pouvoir lui parler à la pause. L'homme avait l'accent allemand. Un Camerounais qui avait connu la colonisation allemande avant que le traité de Versailles ne fasse de son pays une colonie française. Ils étaient immédiatement devenus amis. Pour arrondir ses fins de mois, Matty réparait les voitures. C'était chez lui que Hans apportait la Renault de Prince Antonio régulièrement.

— Comment allez-vous, les gars ?

Les trois hommes parlaient tous en même temps et Hans fit comme si ça ne le dérangeait pas. C'était une habitude qu'il ne comprenait pas, mais il préférait aller à l'essentiel.

— J'ai besoin que vous fassiez disparaître cette jolie fille, dit-il, en montrant la voiture. Nouvelle vitre à l'arrière, nouvelle peinture, du noir. Nouveaux pneus.

— T'es fou ? Y a pas de nouvelles roues dans tout le pays ! En tout cas, pas dans la zone occupée, dit Jean, d'une voix enrouée. C'était un joueur de contrebasse, gros et grand avec des petits yeux rieurs.

— On peut remplacer les jantes à rayons et mettre des jantes à douze trous, dit Sylvestre, un batteur de jazz, toujours prêt au compromis.

— Ouais, bonne idée, dit Matty. Ça fait différent.

— Je veux qu'on recouvre le guidon de velours et qu'on enlève le chrome des phares, précisa Hans. Ah, oui. Convertissez-la au charbon.

— On sait pas faire ça.

— Trouvez quelqu'un.

— Ça va te coûter un petit pactole, fit remarquer Matty.

— Le prince paie toujours ses factures.

— Alors c'est comme si c'était fait, conclut Jean, en retournant à la table de jeu.

— Viens prendre un verre, on est sur le point de finir cette partie. Tu pourras commencer la prochaine avec nous, proposa Matty.

Il s'assit et Sylvestre lui tendit un verre à pied.

— Ah, oui. Il me faudrait aussi une autre plaque d'immatriculation.

Les trois hommes éclatèrent de rire, mais s'assurèrent de mettre leurs mains sur leur bouche pour éviter de faire du bruit.

— Évidemment, frérot!

Matty lui donna une tape dans le dos et Sylvestre leur fit signe de se taire. La partie de cartes allait reprendre.

# Le major n'est pas content

LE MAJOR Baumeister pianotait nerveusement sur son bureau en attendant qu'arrive son lieutenant, un certain Lukas Betz. Il avait cinq minutes de retard, ce qui était inadmissible pour lui. Pourtant, la journée avait bien commencé. Il s'était réveillé dans son bel appartement, rue Dufrenoy, dans le 16e arrondissement. L'endroit appartenait à un bourgeois exilé à New York. Il avait pris le petit déjeuner avec sa maîtresse du moment, une certaine Angèle, qu'il avait rencontrée au Sphinx, maison close de bonne réputation. La veille, au Gaumont Palace, proche de la place Clichy, ils étaient allés voir la projection de *L'Océan en feu*, un film allemand.

Hermann, son chauffeur, l'avait déposé à l'Hôtel Majestic où sa secrétaire, Magda, lui avait servi un café noir avec deux cuillerées de sucre. C'était du vrai café et non de la chicorée. Rien de faux pour les maîtres du monde. Le sucre provenait d'Allemagne et il ne s'agissait pas d'édulcorant comme la saccharine.

Il attendait son subalterne en feuilletant les dossiers colorés que sa secrétaire déposait quotidiennement sur sa table. Le nazi ne s'intéressa ni à la pile jaune ni à la brune. Ces deux piles exigeaient des vérifications et il ne pensait qu'aux résultats. Le major commença par les dossiers dans la pile rouge. Plusieurs arrestations ces dernières semaines et de nombreux aveux. Certains résistants jouaient les héros, mais ils finissaient six pieds sous terre. Une fois la pile rouge terminée, le major ouvrit la pile brune. Elle gâcha sa matinée. Il lut un rapport de « la carlingue » mentionnant l'adresse dans La Muette qui était sous surveillance. Deux agents abattus par un Noir, selon un témoignage. Son sang ne fit qu'un tour et il appela Magda, la rage dans la voix. Il n'essaya même pas de consulter la dernière pile, la jaune, tellement sa colère lui montait à la tête.

— Venez immédiatement !

La jeune femme blonde se précipita dans son bureau.

— Oui, Major ?

— Que fait le lieutenant Betz ?

À ce moment précis, son adjoint entra en vitesse dans le bureau et fit le salut nazi en claquant des talons.

— *Heil Hitler !* lança-t-il, essoufflé.

L'officier lui rendit un salut bien plus mou.

— Désolé, Major. Des saboteurs ont crevé les pneus de notre autocar. J'ai dû réquisitionner un vélo. Le cycliste n'était pas content, il m'a fallu utiliser la force. Voilà. Je vous promets que ça ne se reproduira plus.

L'incident des membres de la Gestapo française abattus pouvait soudainement attendre quelques instants.

— Le cycliste est mort ?

— Non, mais il a besoin de plusieurs points de suture.

Le major se leva et offrit un sourire satisfait à Betz.

— J'aime les histoires qui finissent bien. Vous êtes pardonné pour votre retard. Pour cette fois, précisa l'homme mûr.

Il sortit son monocle de sa poche intérieure et frotta la lentille avec un mouchoir blanc, tiré de son uniforme bien repassé.

— Frau Magdalena, apportez une tasse de vrai café au lieutenant Betz pour qu'il se remette de ses émotions.

La secrétaire, trop heureuse de ne pas avoir à subir les foudres de son patron, obéit sans attendre.

Il marcha d'un pas presque martial jusqu'à la fenêtre de son bureau et jeta un coup d'œil dans la lentille, souffla dessus et frotta de plus belle. Tous ses gestes semblaient calculés et précis. Une fois le monocle chaussé à l'œil droit, le major indiqua à son lieutenant la pile brune qui l'avait enragé plus tôt.

— Lisez la première feuille.

Betz, qui était au courant du dossier « Diamants noirs », n'en revenait pas. Il fit un commentaire tout à fait digne de ces jeunes officiers nourris plus à l'idéologie qu'à l'action.

— Comment ces agents ont-ils pu être déjoués par un sous-homme ? Le Noir a dû geindre comme un macaque et ils ont eu pitié ! Il ne faut jamais avoir pitié d'un être inférieur. Sinon, il vous poignarde dans le dos, éructa-t-il, doctement.

Le major savait que son subalterne connaissait *Mein Kampf* par cœur et qu'il ne rêvait que d'une chose, plaire à son supérieur pour monter en grade. C'était le fils d'un banquier de Hambourg. Un des premiers argentiers à soutenir le Parti national-socialiste. Le lieutenant Betz n'allait jamais voir un champ de bataille. Il ignorait la lutte armée et le major se moquait de lui sous cape. À ses yeux, ce n'était qu'un enfant gâté.

— Contactez la rue Lauriston et dites-leur que désormais nous nous chargerons de la surveillance de l'appartement dans le 16e. Ensuite, vérifiez auprès de nos informateurs à Lisbonne quand le prince noir compte rentrer. Il me tarde de l'interroger.

Lukas Betz sortit immédiatement pour faire un suivi.

Baumeister était débordé en cette fin d'année 1941. Il y avait plus d'attentats et de tentatives de meurtres d'officiers allemands. Cela voulait dire plus d'interrogatoires et de tortures pour lui. Les nazis faisaient face à des difficultés grandissantes dans la zone occupée. Trop de Polonais, de Néerlandais et de Luxembourgeois antifascistes se joignaient aux Français pour déstabiliser l'occupant. De plus, les tracts et les journaux clandestins commençaient à se multiplier.

Mais le major Baumeister tenait à faire tomber Prince Antonio. Ce Noir qui se pavanait, tiré à quatre épingles, le dégoûtait. Il en avait vu en Autriche lors de l'annexion. Ils étaient partout comme la mauvaise herbe et gangrénaient une société avec leurs grivoiseries si on n'intervenait pas. Certains jouaient cette horrible musique, appelée jazz, d'autres engrossaient les Aryennes.

Il avait entendu parler de la bataille de Koufra. Cette armée composée principalement d'Africains avait battu les Italiens et repris la Libye en mars 1941. C'était du jamais vu. Quelques centaines d'indigènes tchadiens et camerounais, probablement pieds nus, avaient eu le dessus sur des descendants de la Rome antique.

Et voilà ce pseudo-prince qui roulait sur l'or.

En vérité, ces Noirs représentaient une race inférieure et devaient être traités comme des animaux. Il allait exiger du trafiquant tous ses diamants, même ceux qu'il avait récupérés à Lisbonne. Il n'avait aucune intention de remettre les pierres précieuses à ses supérieurs. L'officier comptait jeter ce Noir en prison et s'échapper sur un bateau pour l'Amérique latine. Les nouvelles du front de l'Est étaient exécrables et la mise à l'écart du commandant en chef de l'armée allemande, Walther von Brauchitsch, en décembre, avait convaincu le major qu'il était temps de disparaître le plus tôt possible. Il le ferait sans sa femme ni sa fille. Il voulait une nouvelle vie. Il en méritait une, après les services rendus au chef suprême, Adolf Hitler.

Le lieutenant revint dans son bureau, gêné. Quelque chose le préoccupait.

— Mais si l'Africain décidait de rester à Lisbonne pour de bon ?

— Paris est sa poule aux œufs d'or, dit le major avec malice. Il reviendra.

Le subalterne suggéra, la crainte dans les yeux.

— Peut-être qu'il faudrait perquisitionner son appartement ? Ses diamants pourraient s'y trouver.

Le major tapa sur la table, vexé.

— Qu'est-ce qu'on vous a appris à l'école en ce qui concerne les investigations ? Si je perquisitionne, il ne reviendra plus ! Je veux qu'il revienne chercher son butin. Il doit penser qu'il peut négocier. Là, on pourra démanteler tout son réseau, une fois entre nos mains !

Lukas Betz fit mine de comprendre. Il restait peu convaincu, mais n'osait pas contrarier son supérieur.

Baumeister voulait non seulement les pierres précieuses du prince mais aussi sa vie. Cet homme avait eu l'outrecuidance de vivre comme un pacha au milieu des conquérants allemands. Il fallait qu'il en pâtisse.

Le nazi estimait que les peuples primitifs se laissaient facilement envahir par l'émotion, qu'ils n'accordaient que peu d'importance à la raison froide et sensée. Paniqué en apprenant que les Allemands le convoquaient, le prince reviendrait en courant pour sauver son commerce.

— Trouvez-moi le traducteur. Vous savez ? La perche arrogante qui prenait un bain chez son patron. Prince Antonio pourrait rentrer à Paris juste pour tenter de sauver son traducteur.

— Joao de Deus Kassoma ?

Lieutenant Betz avait lu le nom dans le dossier « Diamants noirs » plus tôt et voulait impressionner son patron. Ce dernier lui lança un regard glacial.

— Vous pensez vraiment qu'il s'appelle comme ça ? Vous étiez présent lors de son interpellation dans l'appartement du prince. N'avez-vous pas remarqué qu'il n'avait pas le moindre accent portugais ? Voulez-vous un dessin, Lieutenant ? Cet homme est louche.

— C'est exact, Major, admit-il.

— Faites un portrait-robot de ce Noir qui a abattu les deux Français de la rue Lauriston. Ce traducteur doit fréquenter les bibliothèques et les cafés d'intellectuels. Son élocution le trahit. Allez à la Sorbonne et dans le Quartier latin, demandez aux gens. Quelqu'un doit connaître son vrai nom. Et puis…

— Oui ?

— Quand vous parlerez aux hommes de la rue Lauriston, dites-leur que l'ordre de confier la surveillance de l'appartement du prince à l'Hôtel Majestic vient d'en haut, très haut. Ils vont comprendre, ces grenouilles. Il ne faut surtout pas les vexer. On a besoin de ces laquais pour nettoyer la ville des Juifs et d'autres métèques locaux.

— Comptez sur moi, Major.

Le lieutenant répéta le salut nazi en claquant des talons à nouveau et Baumeister fit de même avec l'espoir qu'un jour, un résistant grille la cervelle de ce fils à papa dans une ruelle de Paris. Il détestait les idéalistes.

# Stratégie et préparatifs

IL S'ÉTAIT passé deux semaines depuis que Hans avait abattu ces deux policiers. Le traducteur contacta le chauffeur chez lui le lendemain des assassinats pour un compte-rendu au téléphone. Le métis utilisa un argot original. Il parla allemand, français et ajouta des expressions en swahili que Jean de Dieu lui avait apprises. Le bras droit du prince ordonna ensuite à Hans de faire le moins de vagues possible. Il fallait éviter d'attirer l'attention des autorités. Ils attendaient les ordres de Prince Antonio, toujours à Lisbonne, qui avait réussi à vendre la plupart du café de son père à des acheteurs portugais pas très regardants sur la provenance de sa marchandise.

Jean de Dieu et Hans se trouvaient dans la pièce arrière du café Le croissant doré de la rue Champollion. Armando les avait convoqués pour prendre connaissance des directives de Prince Antonio. En effet, le cafetier avait reçu une lettre la veille en provenance de Lisbonne.

Sur la petite table de cuisine, une feuille manuscrite. Elle était officiellement adressée à Armando Luis Pereira, le Brésilien. Armando la déplia avec application et montra le fer à repasser, non loin.

— Cette lettre m'a demandé beaucoup de repassage.

Les deux amis comprirent immédiatement qu'il s'agissait d'une lettre à l'encre invisible. Aux yeux d'un novice, Prince Antonio avait envoyé un courrier tout à fait anodin à Armando.

La lettre avait fait le voyage grâce à un diplomate qui rejoignait son poste à Paris. Le nouvel attaché d'ambassade du Portugal en France avait apporté le courrier du prince dans la valise diplomatique. Selon les conventions internationales, on ne fouillait pas ce genre de valise. Sur l'enveloppe brune figurait le nom d'Armando et une adresse, celle du Croissant doré. Une fois le courrier à Paris, le chauffeur de l'ambassade l'avait confié au cafetier dans un journal, devant une tasse de café brésilien.

Dans la partie lisible de la lettre, le prince parlait innocemment de sa santé et de sa vie monotone de Lisboète en portugais. Cependant, entre les lignes, Prince Antonio avait utilisé une encre indétectable à l'œil nu et écrit en swahili. L'Angolais avait fait usage de bicarbonate de soude qu'il avait mélangé à de l'eau afin d'obtenir un liquide opaque. À l'aide d'un coton-tige qu'il utilisait comme un stylo, Prince Antonio avait inscrit ses directives entre les lignes du message officiel. Pour faire apparaître ses mots, il fallait mettre la lettre au contact de la chaleur. Le Brésilien avait commencé avec la vapeur d'une casserole remplie d'eau à bouillir sur un fourneau à charbon. Les mots avaient fait leur apparition. Armando avait persisté afin qu'elle devienne complètement lisible. Il savait qu'il courait le risque de brûler le papier. Toutefois, il avait continué avec le fer à repasser. Peu à peu, les mots qui restaient peu visibles avaient fait surface. Le Brésilien était fier de son travail.

Jean de Dieu et Hans avaient répondu à la convocation du cafetier vingt-quatre heures plus tard. Le bras droit de Prince Antonio prit la lettre et la traduisit en français. Il comptait la lire pour ses camarades et brûler aussi bien la missive de son patron que sa traduction.

Ces dernières semaines avaient été un jeu de cache-cache pour Hans et lui. Ils se déplaçaient souvent dans des lieux publics pour se parler et éviter d'éventuelles filatures.

Leurs activités avaient consisté à brouiller les pistes. Jean de Dieu fréquentait les bibliothèques publiques et empruntait des ouvrages sur l'ethnologie. Il avait développé un intérêt pour ce domaine. Ça tombait bien, car il savait qu'il fallait continuer à jouer le rôle du prince étudiant. C'était grâce à ce subterfuge que les militaires allemands s'étaient trompés sur sa personne. Ces derniers ne connaissaient toujours pas son identité. Quant à retrouver son domicile, cela allait prendre du temps. L'appartement était au nom d'une ancienne petite amie qui avait décidé de rejoindre la zone libre. Toutefois, elle n'avait pas changé son bail pour éviter une convocation des autorités nazies, curieuses de savoir où elle allait et pourquoi. Le concierge, craignant des difficultés avec la police, avait préféré fermer les yeux et prétendre que la jeune femme allait revenir. De toute façon, le Noir ajoutait toujours 50 francs de plus au loyer. Qui allait se plaindre de cette générosité ? Pas le concierge qui empochait le surplus.

Hans n'avait presque plus d'argent. Il louait une chambre dans un hôtel minable en banlieue. Ce qui rognait considérablement son pécule était les déplacements fréquents en train et les détours obligatoires pour s'assurer de ne pas être suivi.

Jean de Dieu termina de transcrire le message en français et lut :

*Chers frères et amis,*

*Merci de m'avoir informé des derniers événements. Je suis fort reconnaissant de votre courage et de votre effort collectif. J'ai deux requêtes urgentes. La première est de prendre les derniers cailloux qu'il reste dans mon appartement. Mon domicile doit être sous surveillance. Jean de Dieu sait où ils se trouvent. Vendez-les, faites-les disparaître. La deuxième requête est de vider le coffre-fort. Je vous donne le droit d'utiliser ces fonds. Sachez que je compte revenir à Paris. Pour cela, il faut faire disparaître les pièces compromettantes.*

*Je vous informerai de mon retour. C'est une question de semaines. Si vous devez quitter Paris ou la France, assurez-vous que Jean de Dieu puisse vous contacter.*

*Bonne chance.*

Prince Antonio avait mis l'armoirie de sa famille en guise de signature. Jean de Dieu mémorisa la lettre en swahili avant de tout brûler.

Il faut dire que la lettre originale comptait un paragraphe de plus que l'Africain ne lut pas à haute voix par souci de prudence. Prince Antonio y mentionnait un nom, Suzy Lazowski. Une Juive polonaise vivant du côté de la Villette. Il comptait sur Jean de Dieu pour la faire sortir du pays. Il y avait aussi un petit, à peine âgé de deux ans. Il s'appelait Rodolfo. Tout était dit. Le patron n'avait pas besoin d'implorer ou d'insister. Prince Antonio savait que le traducteur ferait tout pour qu'ils atteignent Lisbonne.

Hans allait dire quelque chose quand le Brésilien fit signe au chauffeur de ne pas parler. Le cafetier entendit des voix fortes à l'avant. Il n'avait pas l'habitude d'avoir des clients imposants. Sauf quand il s'agissait des autorités. Sans attendre, il ouvrit la porte menant au comptoir et les deux amis entendirent Armando :

— Bienvenue au Croissant doré. Que puis-je vous servir ?

Une voix d'homme, celle qui semblait la plus forte, répondit :

— Police, t'es naturalisé ?

Il montra une carte de la Gestapo française.

— Oui, monsieur. Mon épouse est parisienne.

— D'où elle vient exactement ?

— Nadège ? Rue des Lombards. Née et grandie dans cette rue.

— T'as des enfants ? demanda l'autre voix, plus réservée.

— Non, malheureusement. Le Bon Dieu en a décidé autrement.

Des pas s'entendaient. Il s'agissait des clients qui sortaient les uns après les autres, au son du carillon de la porte d'entrée. Ils pressentaient des problèmes à venir.

— Oh, voilà la clientèle qui disparaît. T'es communiste ? reprit le belliqueux.

— Oh, non ! Au Brésil, on ne sait même pas ce que c'est.

Hans avait sorti son Luger 9 mm à la poignée en ivoire et s'était mis derrière la porte, prêt à tirer sur le premier qui oserait franchir l'encadrure. Le traducteur s'était également muni de son Ruby noir, sorti de l'étui à sa cheville. Il gardait le doigt sur la gâchette et sa main gauche faisait signe au chauffeur du prince de rester calme.

La porte dérobée à l'arrière du café donnait sur le petit jardin du voisin, un employé de la poste, membre clandestin de la Résistance.

Hans jetait des coups d'œil vers l'issue de secours, craignant l'irruption d'autres agents.

— Il nous prend vraiment pour des cons, commenta le moins bavard des deux policiers. Les communistes sont partout. Même au Brésil, conclut la forte tête.

— Écoute, on savait déjà que t'étais Français par ta femme. On voulait voir si t'allais confirmer. Tu sais comment on appelle les naturalisés ? Des demi-parapluies. Essaye d'utiliser ça sous la flotte, t'as de l'eau jusque dans le caleçon !

Son collègue agressif pouffa de rire.

— On n'est pas venus t'emmerder, avança le policier qui riait. On t'a déjà réduit la clientèle pour aujourd'hui, peut-être même pour toute la semaine si on revient demain. Dis-nous une chose et puis on s'en va. Et je dirai à mon collègue de ne plus te taquiner. T'as des amis noirs ?

— Oui, admit Armando, d'une voix insouciante. Vous voyez, au Brésil, on a plein de Noirs, des villages entiers, des villes aussi. C'est eux qui m'ont appris la samba. Vous voyez la guitare ici, je peux vous jouer quelque chose ?

Armando voulut décrocher l'instrument.

L'homme à la grosse voix tapa du poing sur le comptoir en bois.

— Arrête de nous prendre pour des idiots ! Ça va mal finir !

— D'accord, répondit le Brésilien, d'un ton soumis. Que voulez-vous savoir exactement ?

— Les noms des Noirs qui fréquentent ton bar, précisa le colérique.

— Je ne demande le nom de personne, messieurs. Sinon, je n'aurais plus de clients !

Celui qui prétendait être conciliant ricana.

— T'aimes la France, hein ? T'aimes ta petite femme Nadège. Oui ?

— Oui, j'adore ma femme. Et la France aussi.

— Tu dois lire les journaux, ajouta le véhément. Si tu sais lire le français, t'as sûrement entendu parler de la loi sur la dénaturalisation des nouveaux citoyens français. Non ?

— Si, mais je ne vois pas…

— Tu vas ouvrir tes grandes oreilles qui aiment la samba et la prochaine fois qu'on passe te voir, tu nous donnes les noms de tes amis noirs.

Dans l'autre pièce, Jean de Dieu surveillait Hans. Son ami serrait la mâchoire, le bras armé tendu.

— Je n'ai pas un ami noir en particulier. Ce sont des clients du café.

— Pas notre problème, commenta le vitupérant.

Celui qui ne criait pas fit quelques pas dans le café vide et s'exclama.

— Je dois te complimenter pour ta vitrine. L'enseigne est d'une belle apparence. Ce serait triste que des vandales fassent un trou dedans. Y a tellement de petits délinquants ces derniers temps à Paris. Il paraît que ça coûte les yeux de la tête remplacer une vitrine comme ça et tu ne sembles pas rouler sur l'or.

La menace fit mouche et Armando dit :

— Je vais faire mon possible.

Le plus calme insista.

— Non, fais plus que ton possible. Les Allemands auraient déjà cassé ton café. Nous, on a pitié. Pas les

Allemands. Ils vont te séparer de Nadège. Pour toujours. Ils n'aiment pas le mélange des races.

Armando ne répondit pas. On entendit le carillon de la porte d'entrée et tout redevint silencieux.

Jean de Dieu rangea immédiatement son arme et Hans en fit autant. Le Brésilien jurait en portugais. Hans s'imaginait que ça devait être les insultes les plus salaces que le cafetier connaissait. Il n'arrêta pas même quand Jean de Dieu mit sa main sur son épaule pour le calmer.

Le traducteur serra l'épaule d'Armando en le regardant dans les yeux.

— Tu arrêtes maintenant. Ils sont partis.

Le ton impératif convainquit le musicien.

— D'accord.

Il commença à transpirer et Hans lui apporta un verre d'eau du robinet de sa cuisine.

— Tes clients vont revenir. Tu peux pas avoir l'air pâle et le front tout mouillé. Reprends-toi. Y a pas à s'inquiéter. La prochaine fois que ces hommes se pointent, donne-leur le nom de Joao de Deus Kassoma.

Le Brésilien prit une grande respiration dans l'espoir d'arrêter sa panique.

— Je m'excuse pour les problèmes que je vous cause. Je ne sais pas qui a parlé de vous. La plupart de mes clients sont des étudiants. Ils n'aiment pas les flics. C'est pour ça qu'ils sont sortis.

— Ne t'en fais pas, conclut Hans. Tu ne nous causes aucun problème. C'est nous qui te mettons dans la merde en fréquentant ton café. Désormais, on viendra moins souvent.

— Donne le nom de Jules Montlouis pour moi, ajouta le métis, en allumant une cigarette.

— Tu n'as rien à craindre, Armando. Tu ne connais pas nos vrais noms de famille. Calme-toi, éponge ton front et retrouve le sourire. Tout ira bien, insista Jean de Dieu.

— Encore une belle journée pour survivre, lâcha Hans, un sourire en coin.

Le Brésilien et l'Africain avaient entendu ce commentaire si souvent, qu'ils n'y prêtèrent pas attention.

Ils attendirent que des clients entrent à nouveau. C'était un couple qui voulait trinquer à ses fiançailles. Quand Armando revint chercher des sous-verres, ses deux amis s'étaient déjà éclipsés par la porte dérobée.

# La visite de Jenny chez Jean de Dieu

JEAN DE Dieu avait rempli le poêle à charbon et s'était assis dans son petit salon de l'appartement de la rue Grégoire-de-Tours pour lire *Les peintres cubistes. Méditations esthétiques* de Guillaume Apollinaire. Il avait trouvé le livre chez un libraire sympathique de la Rive gauche. Ces cubistes copiaient les masques africains et présentaient ces œuvres comme uniques. En réalité, la méditation esthétique était africaine. Dehors, il neigeait et le vent glacial soufflait dans les interstices des fenêtres. Le traducteur devait rencontrer Hans le lendemain pour planifier l'entrée au domicile du prince malgré la présence de la Gestapo devant l'édifice. Il tentait de ne pas penser à sa journée pleine de risques qui l'attendait. Il rangea son livre et s'endormit à peine quelques minutes avant d'entendre cogner discrètement à sa porte. L'Africain se munit de son arme, juste à ses pieds, et s'approcha de la porte d'entrée sans ouvrir. On cogna une deuxième fois, encore plus discrètement.

— Oui ?

— C'est moi, dit Jenny, en essayant de ne pas alerter le voisin de palier.

L'Africain plaça son arme sous son fauteuil et ouvrit pour elle. Jenny entra dans un manteau en coton noir et un large béret de la même couleur, incliné sur sa tête.

— Merci. Qu'est-ce qu'il fait froid cette nuit ! Dis donc, c'est gentil chez toi.

Elle observa le petit salon avec sa bibliothèque bien fournie, les deux fauteuils aux motifs stylisés et le tapis à poils longs. La cuisine, juste à côté, était fort étroite mais tout semblait à sa place. C'était la première fois qu'elle venait. D'habitude, ils se voyaient chez elle. Le traducteur voulait lui éviter d'être contrainte de donner son adresse aux nazis, une fois interrogée.

— Merci. Passe-moi ton manteau et va te réchauffer près du poêle. Comment t'as fait pour venir ? T'es sûre qu'on ne t'a pas suivie ?

Elle leva les yeux en l'air, agacée.

— T'es pas le seul à savoir éviter les filatures. Et puis qui se méfierait d'une petite Chinoise qui travaille dans un lupanar, hein ? Personne.

Elle dénoua la ceinture molle de son manteau aux épaules renforcées et à la taille étroite. Jean de Dieu constata qu'elle portait une jupe crayon en tweed, très près du corps avec un chemisier à manches bouffantes en flanelle et un pull sans manches en maille de laine-tricot. Tous ses vêtements étaient d'une couleur tirant sur le vert forêt. Elle s'assit et ouvrit son petit sac à main, sortit une cigarette qu'elle mit dans un fume-cigarette et attendit, les yeux fixés sur lui.

Le traducteur se dépêcha de réagir devant cette femme qui jouait de son charme dans son salon grand comme un mouchoir de poche. Il prit une boîte d'allumettes de sa poche de pantalon, gratta et la flamme lui fit remarquer les yeux félins de Jenny et son rouge à lèvres, couleur bourgogne. Comment allait-il lui échapper? se dit-il. Mais voulait-il vraiment garder une distance? Ce fut la deuxième question qu'il se posa en remettant la boîte dans sa poche de pantalon. Jean de Dieu lui proposa un verre de vin et elle sourit avec plaisir.

— Ne t'imagine surtout pas que je suis une de ces chipies qui se soûlent au premier verre.

— Alors de l'eau?

Elle répliqua que l'eau, à cette heure-ci, c'était un crime d'en boire.

— Tu as parfaitement raison.

Ils trinquèrent à sa première visite chez Jean de Dieu.

L'Africain constata qu'elle n'avait pas de bas nylon et qu'une ligne dessinée à l'arrière de ses mollets donnait l'impression qu'elle en portait. Constatant son regard sur ses jambes, elle dit :

— Tu permets que je mette mes jambes près du poêle, j'ai marché plus qu'il ne faut pour m'assurer de ne pas être suivie.

Il acquiesça sans dire un mot. Elle enleva ses chaussures à talons compensés en bois.

Jenny savait qu'il attendait son compte-rendu et elle ne se fit pas prier.

— Le major Baumeister est un sacré coquin. Il fréquente une certaine Angèle qui travaille au Sphinx dans le 14^e^. Tu dois connaître cette maison. Très chic. Avant elle, il y avait Ludmilla au One-two-two. Mais il l'a abandonnée pour Angèle. Il aime le type aryen, une femme grande, blonde, pâle, avec gros derrière. Ludmilla était polonaise et Angèle est alsacienne.

— Et comment as-tu appris ça?

— J'ai travaillé au One-two-two dans le 8^e^ arrondissement. Je me suis fait quelques amies avec qui je suis toujours en contact. J'étais l'hôte de la chambre « japonaise », pas loin de la chambre « égyptienne ». Mais je me tapais quatre passes par jour. C'était trop pour moi. J'ai filé au Chat botté. Moins bien payé mais seulement trois passes par jour et le pourboire est obligatoire.

— Et cette Angèle ? Tu la connais personnellement ?

— Non. Mais tu sais, dans ce milieu, je connais quelqu'un qui la connaît. Pourquoi ?

C'est là que Jean de Dieu raconta en détail l'humiliation que Baumeister lui avait fait subir. Les yeux de Jenny le fixèrent avec une intensité nouvelle. Elle déposa son verre de vin sur une tablette non loin et dit :

— J'ai connu des hommes toujours prêts à humilier pour se faire plaisir.

Elle se leva et marcha sans bruit dans la pièce, s'arrêta près de la fenêtre recouverte d'un rideau sombre pour y jeter un coup d'œil.

— Je peux m'imaginer ce qu'il exige d'Angèle pour ses plaisirs. J'ai toujours évité les étages supérieurs au One-Two-Two. Les trucs sado-masos, c'était pas pour moi.

— Penses-tu qu'Angèle serait prête à nous rendre service ?

Elle se tourna et l'observa, sa silhouette dans la pénombre. Jean de Dieu appréciait ses petites courbes naturelles dans sa jupe longue et serrée.

— Qu'est-ce que tu veux dire exactement ?

— Des photos compromettantes d'eux. On cacherait le visage d'Angèle.

— Peut-être. Je connais quelqu'un qui peut me la présenter. Je vais sonder le terrain.

— Fais attention, quand même.

— Arrête de me dire ça. Je ne suis pas importante pour toi. Juste une employée.

Le commentaire le fit sourire. Il se leva, alla dans la cuisine, ouvrit un petit frigo de marque Frigidaire qui fonctionnait au gaz. L'Africain revint avec une assiette d'hors-d'œuvre. Il avait réussi à trouver des œufs qu'un fermier venait vendre dans son quartier à prix d'or. Il s'était procuré quelques saucisses et des navets qu'il avait garnis de gros poivre et de mayonnaise.

Jenny resta bouche bée.

— T'es un vrai cachotier. Tu as fait tout ça pour ma visite ? Comme c'est gentil.

Ils prirent place à nouveau au salon. Il n'y avait pas de salle à manger et ils dégustèrent les amuse-gueule avec un deuxième verre de vin. Il mit la radio et chercha une station avec de la musique douce. Il tomba sur *Marinella* de Tino Rossi.

Jean de Dieu lui proposa de danser dans son petit salon et elle accepta, enjouée. L'Africain lui avoua alors au creux de l'oreille qu'il était tombé sous son charme. Elle tint à le regarder dans les yeux pour s'assurer qu'il ne se jouait pas d'elle.

— Dangereux séducteur. T'as attendu que je sois sous ton toit pour me faire fondre comme du sucre au soleil.

Ils s'embrassèrent et oublièrent qu'il y avait une guerre. On pouvait suivre leurs vêtements sur le plancher jusqu'à la chambre. Ils disparurent sous la couette et sortirent quelquefois pour reprendre leur souffle avant de retourner fouler les décombres de leur désir.

Il y eut des moments de confidences aux petites heures du jour, quand les murmures deviennent des passe-partout pour entrer dans les cœurs sans effraction. Jean de Dieu confia à Jenny qu'il se souvenait d'un pays aux vertes collines et de parents aimants. Des éleveurs de vaches et des cultivateurs. Il comprenait encore quelques mots de cette langue qu'il avait parlée jusqu'à l'âge de huit ans. Les langues, encore les langues, qu'il décodait avec une facilité déconcertante. Il se souvenait aussi d'une hutte en flammes et de ses parents à l'intérieur. Lui, il était allé chercher de l'eau à la rivière. Sans famille à des kilomètres à la ronde, il avait été confié à des hommes blancs en soutane et à la barbe longue. Il se rappelait les prêtres belges qui le conduisirent au Congo belge, en train. Un jour, dit-il à Jenny, quand cette foutue guerre sera finie, il retournerait dans ce pays aux vertes collines. Il irait retrouver en réalité ces montagnes et cette verdure à perte de vue qu'il voit apparaître dans ses rêves, presque chaque nuit, en plein cœur de Paris. Il retrouverait le Rwanda.

Quant à Jenny, elle avait fui la misère. Sa mère, peu bavarde, avait trimé sous le regard apathique d'un mari ivrogne qui la battait. Il y avait aussi l'opium pour ce père violent. Elle avait quitté la maison à quinze ans, persuadée qu'elle avait trouvé l'amour de sa vie. Une fois à Macao, ça avait été la déception. Elle avait fait le tapin pour payer les dettes de drogue de son copain. S'il n'y avait pas eu ce haut fonctionnaire portugais de trente ans son aîné, marié, mais fou amoureux d'elle, Jenny serait probablement morte d'épuisement comme sa mère. Une fois à Lisbonne, elle avait fui encore une fois, loin de cet homme d'âge mûr. Elle rêvait maintenant de ne plus fuir et d'aimer un homme comme Michelle Morgan aime Jean Gabin dans *Le Quai des brumes*. Elle souhaitait qu'on lui dise : « T'as d'beaux yeux, tu sais. » Oui, elle était fleur bleue, mais dans cette guerre, c'était le meilleur refuge.

Ils s'embrassèrent en laissant le silence recouvrir toutes ces confidences de son manteau crépusculaire.

## Hans et Jean de Dieu contre la Gestapo

Le métis allemand et son acolyte Jean de Dieu échafaudèrent un plan pour pénétrer dans l'appartement du prince. Il fallait récupérer l'argent dans son coffre-fort et faire disparaître les preuves de son commerce illicite, les diamants. Jean de Dieu allait les garder en lieu sûr en attendant le retour du prince. De plus, leur chef leur avait confié la mission de faire sortir sa compagne Suzy et son fils Rodolfo de France.

Le plan pour entrer chez Prince Antonio fut finalisé dans la maison de Matty, rue du Cap, à Créteil. Jean de Dieu allait utiliser un silencieux amovible sur son pistolet semi-automatique. Quant à Hans, il devait se munir d'un pistolet-mitrailleur court, léger et surtout facile à camoufler, un Sten.

Hans avait recruté Philippe, le beau-frère de Matty. Il obtint ses services en échange d'une quinzaine de cartes de rationnement qu'il s'était procurées au marché noir grâce à l'argent de Jean de Dieu. Parmi les tickets, il y avait ceux de la catégorie « T » pour les travailleurs manuels qui utilisaient leur force physique. On pouvait obtenir un supplément de pain et de viande. Philippe, menuisier qui peinait à joindre les deux bouts, sauta sur l'occasion. Il convainquit son acolyte, Robert, de se joindre à lui pour quelques tickets de plus.

Philippe et Robert auraient pu faire de la boxe. Ils possédaient des épaules larges, des poignets épais et des mains rugueuses. Ils maniaient le marteau et déplaçaient des meubles quotidiennement.

Au milieu de l'après-midi, deux hommes arrivèrent au bas de l'immeuble de La Muette dans une camionnette toussoteuse à gazogène. Ils furent tout de suite repérés par deux individus en manteaux noirs et aux chapeaux feutres qui se trouvaient dans une Citroën traction avant, arborant le double chevron sur sa calandre. Les menuisiers firent descendre du véhicule un meuble en bois. Il ressemblait à une commode à faux tiroirs. Quand les deux hommes pénétrèrent dans l'immeuble par l'arrière du bâtiment, un chapeau feutre les rattrapa dans le lobby. L'individu les interpella avec brusquerie.

— Arrêtez un instant. Police. Vous allez où ? Quel étage ?

Philippe expliqua qu'ils allaient faire une livraison au troisième étage, chez Mme Pinault. Une balafre parcourait le menton du policier et s'arrêtait au coin gauche de ses lèvres.

— Papiers, et vite.

Ils sortirent leurs faux documents avec leurs vraies photos. Jean de Dieu s'était occupé de leur fournir de la bonne contrefaçon. L'agent en civil ne pouvait voir aucune anomalie. Tout semblait en ordre. Ensuite, le policier vérifia dans la liste de locataires s'il y avait effectivement une certaine Pinault. Il trouva ce qu'il cherchait rapidement.

L'agent se gratta le menton, regarda la commode et décida de les laisser monter sans les accompagner. Les deux hommes reprirent leurs documents et commencèrent leur ascension des escaliers. C'était lourd, mais ils ne voulaient surtout pas montrer qu'ils peinaient à la tâche. L'homme de la Gestapo tourna les talons pour faire un compte-rendu à son collègue au volant de la Citroën. Les deux hommes en avaient assez de surveiller l'endroit. Ils préféraient torturer des métèques au teint basané, assassiner des communistes tapis dans les bas-fonds de Paris. Au lieu de ça, ils surveillaient le pied-à-terre d'un prince africain qui se trouvait au Portugal. Baumeister, qu'ils surnommaient « Le Bosch », avait perdu un boulon dans le cerveau.

Le chapeau feutre qui attendait dans la Citroën faisait chanter un aristocrate dont le fils de vingt ans avait été pris en train de coller des tracts antinazis. Il avait hâte à la relève. Il devait aller chercher son pognon pour le flamber dans un tripot clandestin avec « champagne à volonté et deux gonzesses aux petits soins jusqu'au petit matin », précisa-t-il à son collègue.

L'agent revint à la voiture en maugréant. Il avait la tête des mauvais jours. L'autre, derrière le volant, comprit immédiatement qu'il s'agissait de simples ouvriers apportant une commode. Il retomba dans ses pensées pleines de stupre et de libations, ses doigts aux ongles sales pianotant sur le volant.

Les deux menuisiers s'arrêtèrent au deuxième étage. Robert redescendit seul afin de vérifier discrètement si la voie était libre. Il fit un geste à Philippe qui ouvrit le panneau arrière de la commode. Sans parler, Jean de Dieu, tout endolori, sortit du meuble, le front perlé de sueur. Une fois debout, il se promit de ne plus jamais tenter d'entrer dans un meuble trop court pour ses jambes. Il monta rapidement le dernier étage en espérant ne pas croiser un autre locataire, déverrouilla la porte de l'appartement du prince et referma derrière lui, sans tourner la clé.

Philippe et Robert reprirent la commode et la montèrent sans difficulté, poussèrent la porte et déposèrent le meuble au salon de Prince Antonio. Là, ils se pressèrent d'essuyer le meuble de haut en bas pour effacer toute trace de leurs mains même s'ils portaient des gants de travail. Ensuite, les deux hommes descendirent sans se presser et prirent place dans la camionnette. Ils démarrèrent et passèrent sous les regards indifférents des deux agents dans la Citroën. Cependant, ils n'allèrent pas très loin, juste assez pour ne plus être vus de la Gestapo.

Hans se tenait en guetteur dans un café juste en face de la camionnette. Il paya l'addition et rejoignit ses camarades dans la cabine, avec son pistolet-mitrailleur sous son manteau. L'arme compacte devait cribler la Citroën de projectiles si elle décidait de les prendre en chasse. Les trois hommes restaient silencieux et attendaient impatiemment le retour du traducteur. Philippe en était à sa deuxième cigarette. La camionnette garée dans ce quartier cossu ne pouvait rester sur place longtemps. Robert se rongeait les ongles et Hans, la mine sans expression particulière, comptait les minutes dans sa tête.

Entretemps, Jean de Dieu s'était muni d'une mallette noire et la remplissait des billets d'argent du coffre-fort dans la garde-robe du prince. Son patron avait laissé environ 50 000 francs avant de partir pour Lisbonne. L'Africain entendit la porte principale grincer. Il referma sa mallette et sortit son semi-automatique Ruby placé contre sa cheville. Il retourna vers le salon à pas feutrés. Personne. C'étaient Philippe et Robert, dans leur précipitation, qui avaient oublié de fermer la porte. Il la ferma, la verrouilla et rangea son arme. Mallette en main, le traducteur s'approcha des rideaux. Il ouvrit la tringle droite et sortit des pierres précieuses, une dizaine de cailloux. Après les avoir placées dans le double-fond de la mallette, il s'apprêta à quitter les lieux.

On cogna à la porte.

L'Africain reprit son pistolet et eut envie de tirer à travers la porte. Mais si c'étaient les menuisiers impatients ?

Il rangea la petite valise derrière la porte et garda l'arme dans son dos.

— Qui est-ce ?

— C'est moi, Simon, votre voisin.

Simon Giraudoux, alias « Pastis ». Le délateur.

Jean de Dieu ouvrit après avoir dissimulé le pistolet dans le creux de son dos.

— Simon, tout va bien ? Vous voulez parler à Prince Antonio ?

Le trafiquant d'alcool recula d'un pas, un sourire de circonstance sur les lèvres.

— Oui, pour lui souhaiter un bon retour. J'avais remarqué son absence ces dernières semaines. Il est là ?

— Oui, entrez. Il va vous recevoir.

Simon hésita une petite seconde en constatant qu'il avait laissé son arme dans un tiroir de bureau chez lui. Toujours aussi impulsif. Il essaya de se convaincre qu'il ne risquait rien avec ce jeune homme toujours souriant et affable. Ce n'était qu'un traducteur.

Une fois à l'intérieur, il sentit le bout d'un pistolet sur sa tempe.

— Je…

— Tais-toi.

Jean de Dieu vérifia qu'il ne portait pas d'arme sur lui et dit :

— C'est toi qui as donné le prince aux flics, hein ?

— Non ! Pas du tout. Je suis un ami. Je ne comprends pas le problème. Jamais je n'aurais fait ça !

Jean de Dieu le soupçonnait parce que les journaux parisiens avaient mentionné l'arrestation d'un grand trafiquant d'alcool dans le 16e arrondissement. Que faisait-il encore chez lui ? Pourquoi les policiers l'avaient-il libéré ?

— T'es l'informateur des flics. Admets-le. J'ai vu le rapport de police qui accuse le prince. Je l'ai vu ! Ton nom y figure. Noir sur blanc. Simon Giraudoux, alias « Pastis ».

Le traducteur voulait voir s'il allait mordre à l'appât. Il mit le canon avec le silencieux dans la bouche de Pastis.

— Réponds. Mais encore un mensonge et je décore le mur avec ta cervelle.

Ce regard glacial terrorisa Pastis. Le traducteur ne bluffait pas. Ses yeux noirs le tenaient en joue. Simon ignorait que l'Africain connaissait son surnom depuis longtemps.

Jean de Dieu retira le canon de la bouche de Pastis pour lui donner la chance de répondre.

— Ils m'ont forcé. Ils m'ont pendu la tête en bas. Je saignais de partout. Ils allaient continuer la torture. Écoute, combien tu veux pour ton silence ? Ne dis rien au prince. Je vais te donner le double de ce qu'il te donne.

Pastis ajouta :

— Je vais tripler ce que tu gagnes. Tu ne manqueras de rien !

— Le fric est dans ton appartement ?

— Oui, confirma le délateur, heureux de la tournure des événements.

Jean de Dieu tenait à le tuer chez lui.

Les deux hommes marchèrent quelques mètres dans le couloir.

Ils entrèrent chez le truand et le trafiquant baissa les bras pour ouvrir le tiroir de son bureau sous le regard vigilant de l'Africain. Faisant face à Jean de Dieu, il mit la main dans son tiroir pour s'emparer de son revolver

Smith & Wesson. Alerté, Jean de Dieu logea une balle dans l'œil droit de Pastis, qui s'effondra sur le sol du salon. Mort sur le coup.

Jean de Dieu vit le revolver non loin de l'œil ensanglanté du truand. C'était un calibre 38 à six coups, lourd et menaçant. Le canon était long, 12 centimètres environ. Le traducteur conclut qu'il était difficile de sortir un tel revolver rapidement. Pas d'argent dans le tiroir. Dommage, il le lui aurait pris sans hésitation.

Le traducteur récupéra sa mallette et quitta l'appartement de l'escroc avant de descendre les escaliers d'un pas rapide. Il croisa un couple de retraités qui attendaient l'ascenseur au deuxième étage. Le jeune homme les évita et continua sa descente, puis bifurqua à gauche pour sortir par l'arrière de l'édifice.

Un policier s'approcha de la camionnette. Philippe le vit venir dans son rétroviseur. Hans sortit le pistolet-mitrailleur de l'intérieur de son manteau.

— Range ça, je m'en occupe, commenta le menuisier au volant du véhicule.

L'agent de l'ordre, képi sur la tête et grosse moustache soignée, s'adressa au chauffeur. Que faisait-il ici ? Il était interdit de stationner à cet endroit, si près d'un arrêt d'autobus. Philippe répliqua qu'il avait de petits problèmes mécaniques.

— Vous savez, ces véhicules au gaz, ils sont capricieux, continua le menuisier.

Le moteur surchauffait et il fallait lui laisser le temps de refroidir. L'agent de l'ordre ne l'entendait pas de cette oreille.

Quittez, conclut-il, un doigt accusateur pointé sur lui.

Le chauffeur regarda Robert et Hans.

— Il faut qu'on parte.

Hans allait descendre pour se rendre à l'appartement du prince. Si Jean de Dieu avait des difficultés, il devait lui venir en aide. Quelqu'un cogna à la portière du passager. C'était son ami, mallette en main.

— Tu peux me faire un peu de place ?

— Bien sûr, répondit-il, avec un large sourire. Monte et dépêche-toi.

Robert éclata de rire, heureux de pouvoir déguerpir de cet endroit. Il s'assit tout prêt de Philippe, qui eut du mal à passer les vitesses. La camionnette prit la direction de Créteil avec quatre hommes heureux de s'en sortir sains et saufs.

# Prince Antonio prépare son retour

Le prince avait fait la tournée de ses relations à Lisbonne pour vendre le café de son pays. Il rendit visite à un administrateur de l'Hôtel Avenida qui appréciait les produits d'Angola, non loin du quartier Bairro Alto et du Chiado. Celui-ci lui acheta une grande quantité de café. Ensuite, il loua un taxi et se rendit dans la banlieue de Lisbonne, à Estoril, à 18 kilomètres à l'ouest de la capitale. Là-bas, il rencontra le directeur commercial de l'Hôtel Palacio qui se procura de nombreux sachets estampillés « Café de l'Angola ». Il en profita pour en vendre aux casinos aux alentours de la *Costa do sol* avant de revenir dans la capitale. Il lui restait un client à voir dans le Chiado au restaurant Tavares dans quelques jours. Prince Antonio allait ainsi se débarrasser des derniers sacs. Il les avait mis dans un hangar du port de Lisbonne, avec l'accord d'un douanier à sa solde. Un livreur s'occupait de distribuer la marchandise aux clients, une fois que le prince lui donnait le feu vert.

Depuis son retour, il trouvait une atmosphère austère à sa ville. Les Lisboètes gardaient une mine taciturne et les réfugiés, inquiets et suspicieux, marchaient dans les rues comme des fantômes avec des boulets aux pieds. Même si la bourgeoisie fêtait toujours et fréquentait encore les palaces, leur joie semblait nécessaire pour ne pas pleurer. Le pouvoir était entre les mains de politiciens qui parlaient « d'*Estado Novo* ». Prince Antonio, même s'il ne se mêlait pas de politique portugaise, constatait que « l'État nouveau » rendait les Lisboètes muets comme des carpes à la vue d'un uniforme.

Le prince s'était procuré des cigares au Tabac Monaco, Place du Rossio, et fumait dans un restaurant de la rue Da Prata devant un porto glacé avec une rondelle de citron.

Pendant qu'il consultait le menu, un autre sentiment le préoccupait. Il se sentait suivi, épié chaque fois qu'il sortait de chez lui. Même le chauffeur de taxi qui l'avait emmené à Estoril lui avait mentionné qu'un véhicule était derrière eux depuis Lisbonne. Il lui avait dit de ne pas s'en faire. Prince Antonio savait que les espions à la solde des nazis seraient sur ses pas. Même le NKVD, l'agence d'espionnage soviétique, devait être de la partie. Il avait vendu des diamants à des Russes et ceux-ci cherchaient sûrement à en faire un agent à leur service. Néanmoins, l'Angolais savait que tant qu'il ne faisait aucun faux pas, il était difficile de le faire chanter, de le contraindre à devenir espion. Il marchait sur une corde raide, mais c'était l'époque qui l'exigeait. Bon vivant, Prince Antonio préférait profiter du luxe et des belles femmes. Toutefois, cette jouissance des plaisirs de la vie n'en faisait pas un homme sans principe. Il lisait les journaux et s'informait de la situation dans le monde. Comme le lui avait dit Jean de Dieu, en swahili : *« Ada ya mja hunena, Muungwana ni kitendo. »* Un homme parle, mais un gentleman agit. Ni les nazis ni les communistes ne l'empêcheraient de rentrer un jour dans son royaume en Angola pour y régner.

Après son repas du soir, l'Angolais paya l'addition et y ajouta un bon pourboire. Il savait que pour garder une bonne réputation, il fallait gâter les employés qui vous servaient. On augmentait les chances que l'un d'entre eux vous avertisse d'un éventuel danger.

Une fois dans la rue, le prince décida de marcher jusqu'à sa prochaine destination. Un vent froid balayait la ville, venu de l'océan Atlantique. L'Africain redressa le col de son manteau en laine instinctivement. Il aurait pu prendre un des tramways qui se faufilaient dans les rues. Leur grésillement électrique et la lumière de leurs phares à la tombée de la nuit leur donnaient l'aspect d'extraterrestres. Mais il se rendait juste à côté, dans la rue Dos Douradores, et souhaitait digérer son repas en marchant. Il avait mangé tôt pour pouvoir s'entretenir avec un homme d'influence, peut-être la plus importante personnalité qu'il connaisse à Lisbonne. Les deux individus se rendaient des services mutuels et s'entendaient presque comme des amis. Bien sûr, en ces temps difficiles et incertains, Prince Antonio n'osait pas appeler *Senhor* Miranda, un ami.

Ancien militaire basé en Angola, il s'était reconverti dans le droit. L'avocat d'affaires avait été ministre de la Justice du Portugal pendant un an. M^e^ Santiago Afonso Rodrigo Miranda avait dans son cabinet un grand portrait de l'homme fort du pays, Antonio de Oliveira Salazar.

Le prince passa le portail d'entrée où se trouvait un gardien assoupi. L'Africain cogna discrètement à une porte avec les initiales de l'avocat. La secrétaire de Miranda, une femme dans la cinquantaine, lui fit un sourire de politesse. Elle le voyait suffisamment régulièrement visiter son patron pour ne plus le faire attendre. La dame l'introduisit rapidement dans le bureau du juriste. Miranda, plume à la main, lui indiqua un fauteuil de luxe. L'avocat arrêta d'écrire, fit un grand sourire et vint lui serrer la main.

— Bienvenue chez vous, Prince Antonio. Lisbonne est devenue votre ville, n'est-ce pas ?

Sans attendre la réponse de l'Africain, il tourna la tête et dit :

— Rosalina, vous pouvez partir et verrouillez la porte d'entrée en sortant !

— D'accord, maître.

Une fois en tête à tête, la porte fermée à double tour, les deux hommes vinrent rapidement au sujet qui les intéressait. Ni Santiago ni Antonio n'aimaient tourner autour du pot.

— Je t'écoute.

Santiago utilisait un langage plus familier quand ils étaient seuls.

— Je veux retourner à Paris, commença le prince. J'ai laissé des « pierres » là-bas. Elles valent une fortune. Mais les nazis vont m'accueillir à la gare pour m'interroger et tu connais leurs méthodes. Ils sont au courant de mon commerce.

L'avocat savait de quoi vivait le prince. Les honoraires qu'il lui donnait pour ses services le satisfaisaient grandement.

— Tu sais qu'ici, tu n'as rien à craindre. Pourquoi ne restes-tu pas ? Tu peux reprendre ton commerce à Lisbonne. On a des clients suffisamment riches pour te plaire. Et au moindre pépin, je te défendrai.

— C'est ce que je compte faire. Mais je dois récupérer mes cailloux.

Le juriste croisa les jambes et dit :

— Comment comptes-tu faire sortir des diamants sans te faire pincer par la Gestapo ?

— J'ai laissé un traducteur et un chauffeur à Paris. Ils vont m'aider.

Le juriste gratta son menton, perplexe. Ses sourcils broussailleux se levèrent et ses yeux ridés le questionnèrent.

— Un traducteur et un chauffeur?

— Je sais que ça peut paraître difficile à croire, mais ils sont vitaux pour mon commerce. Fidèles et efficaces.

— Ça doit être des employés hors du commun.

— Oui. Ils sont spéciaux.

L'avocat conclut que c'était mieux de ne pas en savoir davantage. Ainsi, le jour où il serait obligé de défendre Prince Antonio, il n'aurait pas entendu les détails de son commerce de « pierres » ni le véritable rôle de ses employés.

— T'as une proposition à me faire?

— Oui. Je voudrais enlever une épine du pied de ton gouvernement.

Le prince avait entendu parler de l'arrestation de Léandro Barros, le chef d'un mouvement fasciste paramilitaire. Il proposa à l'avocat de conduire Barros à Paris, dans les bras de ses camarades nazis.

Barros réclamait un axe Berlin-Lisbonne dans tous ses discours. Excédé, Salazar l'avait jeté en prison. Son mouvement, la Brigade suprême, venait d'être interdit. Étant donné qu'au Portugal, le gouvernement se disait « neutre », Salazar devait garder cette image, au moins en apparence.

Me Miranda lui lança un regard d'admiration. Ce qu'il aimait chez cet Africain était sa capacité de retomber sur ses pattes. Un vrai chat.

— La rumeur qui court, admit Miranda, est qu'on va l'envoyer à Tarrafal, au Cap-Vert. Si Salazar fait ça, on risque une révolte. Léandro Barros est très populaire chez les jeunes et interdire son mouvement a déjà fait des mécontents.

Les deux hommes savaient ce que cela voulait dire, « Tarrafal ». Un camp de concentration pour les opposants. C'était une mort certaine. L'endroit n'avait pas d'eau courante. Même les gardiens y mouraient de maladie.

— Je peux emmener Léandro Barros chez ses copains allemands, à Paris. Il idolâtre Hitler et Mussolini. Et ton gouvernement en sera débarrassé. Une expulsion pourrait éviter le pire.

— Mais il nous faut quelque chose en retour, répliqua l'avocat. On ne peut pas faire un cadeau aux nazis. Ça nous compromettrait aux yeux des Britanniques et de leurs alliés.

— Je peux ramener l'abbé Eusébio da Silva que les Allemands ont arrêté après leur arrivée à Paris.

Le juriste eut un sourire plein d'admiration.

— T'as vraiment pensé à tout.

Il s'agissait d'un ecclésiastique portugais de renom qui enseignait les sciences religieuses à la Sorbonne et que les nazis avaient arrêté pour avoir dénoncé dans ses cours le traitement ignoble réservé aux Juifs. Il avait aussi envoyé une copie des Dix commandements au gouverneur militaire de Paris.

— J'étais dans un café, pas loin, quand les nazis ont arrêté l'abbé. Il brandissait une image de Jésus crucifié devant l'Institut d'étude des questions juives dans la rue La Boétie. La Gestapo l'a embarqué brutalement.

— Eusébio da Silva, répéta M^e^ Miranda. Le Vatican nous remercierait grandement. Le pape bénirait Salazar. Même si l'Église n'a rien dit après son arrestation, la famille catholique s'occupe toujours de ses brebis égarées.

Il alla à son petit bar, derrière son grand bureau, et apporta deux verres à pied et un porto âgé de quarante ans. Une fois les verres remplis, l'avocat trinqua :

— Longue vie à notre guide éclairé !

L'Africain sourit et trinqua avec le juriste.

— Longue vie à Salazar !

Il but en remerciant le ciel d'avoir des relations bien placées.

— Donne-moi un peu de temps. Je dois parler à quelques grosses légumes du gouvernement. Mais je crois que ta proposition plaira à mes chefs. Une seule chose.

— Quoi ? demanda le prince, baissant son verre, inquiet.

— Je ne peux pas dire que c'est ton idée. Une proposition pareille venant d'un Noir, de l'Angola en plus, notre colonie, ça fait pas sérieux. Ils vont être aveuglés par tes origines et refuser en bloc. Je dois te piquer l'idée.

Il eut un pincement au cœur. Toujours la même chose. Il fallait qu'on lui vole ses victoires. Voilà pourquoi il tenait à retourner en Angola, un jour, et faire l'indépendance de son pays. Rien ici ne pouvait lui être accordé de façon légitime. Dès son arrivée sur la terre des Blancs, on lui avait indiqué son rang et sa place. Depuis, il n'arrêtait pas de jouer avec le feu. Puisqu'il ne pouvait pas compter sur la bonne foi des autres, il s'était créé son code de conduite, ses principes et ses limites.

— Pas de problème, je te laisse mon idée. Sans rancune, cher Santiago.

Ils burent un seul verre chacun, car il se faisait tard. Les rues de Lisbonne, la nuit, en ces temps d'incertitude politique, pouvaient se révéler remplies de brigands et de coupe-gorges. La voiture de l'ancien ministre était chez le garagiste. Ils prirent un taxi ensemble et Prince Antonio arriva à destination en premier. Quand il voulut payer sa course, M^e^ Miranda secoua la tête.

— Non, je m'occupe de ça. Notre discussion au bureau en vaut bien la peine.

L'Africain referma la porte du véhicule et s'en alla, un sourire aux lèvres. Plus il s'éloignait, plus il pensait que c'était lui le vainqueur dans toute cette transaction. Il allait probablement revoir Paris, Jean de Dieu et Hans, puis se jouer des nazis une fois de plus, comme de vulgaires militaires d'opérette.

# Des maux de tête pour le major

Le major Baumeister venait de prendre une aspirine pour combattre son début de migraine. Dans un accès de rage, il avait lancé son verre vide contre le mur de son bureau. Magda balayait silencieusement les tessons dans un coin de la pièce. Il entendait les machines à écrire des autres secrétaires à l'étage et ça aggravait ses maux de tête. Il relut ce qui était à l'origine de sa colère.

*Assassinat de Simon Giraudoux, alias « Pastis », abattu d'une balle de calibre 7,65 millimètres dans l'œil droit. La mort date de trois jours environ selon le médecin légiste.*

Cet assassinat le démoralisait. Il ne pouvait plus mettre Prince Antonio face à un délateur. C'était pourtant une excellente technique d'interrogatoire. Au milieu de ses dénis, le suspect finissait par se trahir. Plus tôt dans la journée, à la suite de cette mauvaise nouvelle, il avait délégué le lieutenant Betz à l'appartement de l'Angolais. Le jeune officier confirma, une heure après, que des visiteurs s'étaient introduits chez le prince à l'insu des hommes de la Gestapo. Betz mentionna une commode au salon qui ne se trouvait pas là lors de leur première visite. Les agents qui faisaient le guet admirent qu'ils avaient vu monter deux gaillards avec une commode il y a trois jours. La description était celle de deux Français costauds, de race blanche. Les mauvaises nouvelles ne s'arrêtaient pas là. Les hommes de Baumeister découvrirent un coffre-fort vidé de son contenu dissimulé derrière une vaste garde-robe chez le prince. Le major avait lu un reproche dans le regard de son lieutenant. Il aurait dû perquisitionner plus tôt. Baumeister se massa les tempes. Il n'aurait pas pu empocher les diamants s'il y avait eu une perquisition officielle. Son général aurait réclamé le butin et les pierres précieuses auraient fini dans les poches de quelqu'un d'autre.

À propos de son supérieur, comment expliquer cet échec au général Erich Von Bose ? Il se savait sur la sellette depuis l'assassinat par un Noir de deux agents de la rue Lauriston. Certes, ce n'étaient pas des Allemands qu'on avait abattus, mais ça rendait les relations difficiles avec la Gestapo française. De plus, l'enquête pour retrouver le fameux traducteur piétinait. Oui, on avait vu un jeune lui ressemblant fréquenter la Rive gauche. Mais il y en avait tellement de Noirs élancés, sveltes et élégants à Paris ! Le portrait-robot pouvait désigner un Africain, un Antillais ou un Américain.

Baumeister sortit machinalement son monocle de la poche de son uniforme et frotta la lentille avant de la placer sur son œil droit. Ses pensées l'emmenèrent à Vienne, quand il torturait les communistes dans les sous-sols de l'Hôtel Métropole, non loin du canal du Danube. Ce qu'il réservait à cet Africain qui se faisait appeler « Joao de Deus Kassoma » consistait à électrifier ses parties génitales. Il le revoyait tout nu devant lui. Il y avait songé à ce moment-là, mais avait conclu qu'il s'agissait d'un individu insignifiant. Il n'avait vu qu'un intellectuel freluquet qui lisait des bouquins sur l'ethnologie dans un bain, en écoutant du Charles Trenet. Bref, un gratte-papier sans importance.

Or, depuis cette fameuse rencontre, le nazi avait réalisé que ce traducteur jouait un plus grand rôle dans le trafic de diamants de Prince Antonio. Qui d'autre que lui aurait pu revenir dans l'appartement du prince alors qu'il était sous surveillance? Il devait s'être introduit dans l'immeuble, à l'intérieur de la fameuse commode. Et il pariait sur la tête de sa femme qui l'attendait gentiment à Berlin que le traducteur se baladait dans Paris armé d'un semi-automatique, l'arme qui avait tué son informateur.

L'individu l'avait berné. Il existait, après tout, quelques Noirs envers qui la nature avait été généreuse sans logique apparente. Il était au stade olympique de Berlin en 1936 quand ce «chimpanzé» doué d'une énergie primale, Jesse Owens, avait remporté trois médailles d'or dans des disciplines différentes. Était-il possible que le traducteur bénéficie du don de la ruse comme le champion, celui de la rapidité? Le nazi commençait à le croire.

Le major convoqua Betz *manu militari*. Il fallait revoir la stratégie d'enquête. Il devait s'entretenir avec le général Erich Von Bose dans quelques heures. Il ne pouvait pas s'asseoir devant son chef sans avoir quelque chose de prometteur à lui dire.

Le jeune officier entra et fit le salut hitlérien en claquant des talons, comme à son habitude. Il pouvait le faire dix fois par jour. Le major soupçonnait Betz d'avoir une trop grande idée de lui-même. Il portait toujours un uniforme impeccable, une coiffure sans une mèche de travers, des bottes très cirées et ses ongles étaient manucurés. Ce dernier détail l'intriguait grandement. Baumeister avait vérifié auprès d'un collègue si Betz avait une amie de cœur à Paris ou s'il fréquentait les maisons de passe. Il n'en était rien et les soupçons de l'homosexualité de son subalterne avaient germé. Toutefois, détruire la carrière d'un fils d'industriel allemand sur des questions de mœurs relevait de la gageure. Cette manœuvre pouvait se retourner contre lui. Un enfant de riche restait intouchable, même dans un régime nazi.

— Alors, Lieutenant, où en est la traque du traducteur ?

— On a infiltré les milieux intellectuels de la Rive gauche, sondé les philosophes acquis à notre cause et questionné le personnel académique de l'Institut d'ethnologie de Paris, sans grand succès. Il ne se présente plus aux cours et il leur a donné l'adresse de La Muette comme résidence.

Son chef se leva et alla à sa fenêtre. Le monocle tomba de son œil droit. Il le remit en faisant une grimace presque comique. Betz gardait le nez dans ses papiers.

— Mais Prince Antonio a un chauffeur, non ? fit remarquer Baumeister.

— Oui, un certain Jules Montlouis, originaire de la Martinique. Mais il y a une chose étrange.

— Quoi ?

— Jules Montlouis parle allemand. Un serveur au club de jazz La Cigale l'a entendu s'entretenir à bâtons rompus avec Matty, un musicien noir germanophone.

— Un Martiniquais qui parle couramment l'allemand ? demanda Baumeister.

Le jeune officier acquiesça de la tête.

Le commentaire de Betz fit mouche.

— Je veux une filature sur Matty.

Il allait dire le saxophoniste, toutefois il se retint. L'homme ne voulait pas que Lukas Betz sache que son ex, Ludmilla, était une fan du musicien. Il avait toléré cette lubie parce qu'elle faisait bien l'amour.

— Si Matty et lui sont amis, on va pouvoir repêcher le chauffeur.

Baumeister sourit avec malice. L'aspirine venait à bout de ses maux de tête.

— Nous avons un trio de polyglottes, Lukas. Un prince qui parle portugais, un traducteur qui s'exprime en français et un chauffeur qui converse en allemand. Ça sent la combine à plein nez. Avez-vous une description de Montlouis ?

— Oui, Major. Nous pataugeons dans un groupe de sous-hommes trafiquants de diamants qui méritent le peloton d'exécution.

Baumeister lâcha un juron.

— Je ne vous ai pas demandé ce que ces Noirs méritent. Je veux savoir si l'Antillais est brun clair, brun foncé ou noir comme la nuit. Avez-vous une description ?

Le lieutenant fouilla rapidement dans les papiers sur ses genoux.

— Teint brun, possiblement mulâtre.

— Contactez le bureau de documentation de la Rhénanie. Je veux une liste des bâtards qui sont entrés en France. Ces mulâtres ont fui la stérilisation et certains d'entre eux parlent français à cause de leurs pères, des tirailleurs sénégalais.

Le jeune homme prit note sans dire un mot. Il savait que se taire pouvait aider à faire disparaître les crises de colère de son chef. On l'avait averti avant son transfert à Paris. C'était un colérique et un homophobe. Cependant, il s'agissait d'une affectation dans la capitale mondiale de la mode. C'était la ville de Coco Chanel. Qui pouvait refuser ? Le Louvre, la tour Eiffel, l'Arc de Triomphe. Si les relations s'envenimaient avec son chef, il pourrait toujours appeler son père qui lui trouverait un autre poste, peut-être en Norvège. Il aimait les sports d'hiver, les fjords et les saunas.

— Qu'en est-il des renseignements de nos agents à Lisbonne ? Le retour du prince est pour bientôt ?

Lukas répondit avec aplomb.

— D'après les informations à notre disposition, il a presque terminé de vendre le café de son père, Pedro VII, aux hôtels de la ville. Son retour ne devrait pas tarder. Ah oui, nous savons aussi que récemment, il a visité un avocat proche du gouvernement portugais.

— Est-ce un espion à la solde de Salazar ?

La question semblait plus pour lui-même que pour son subalterne. Mais Lukas tint à y répondre, ce qui irrita le major au plus haut point.

— Difficile à dire. Nos espions n'ont jamais eu affaire à lui. Et il ne figure sur aucune liste de la PVDE, la police secrète portugaise.

— Je sais ce qu'est la *Polícia de Vigilância e de Defesa do Estado*. Je l'ai connue quand vous étiez encore en culotte courte et que vous aviez peut-être des rubans dans les cheveux ! Pardonnez-moi, mais je ne sais pas comment sont élevés les enfants nés avec une cuillère d'argent dans la bouche.

Le major se leva et massa ses tempes à nouveau. La migraine menaçait de revenir.

— D'après le dossier sur lui, Prince Antonio est un coureur de jupons. Y a-t-il une femme en particulier ? Une personne qu'il préfère plus que d'autres ?

— Son compte en banque à Paris ne révèle pas de chèques faits à une maîtresse en particulier. Mais...

— Mais quoi ?

L'adjoint hésita parce qu'il ne voulait pas se faire rabrouer à nouveau.

— Il faisait, avant son départ, des virements réguliers à une propriétaire d'un salon de coiffure de la rue de Rennes.

— Ah. Et vous n'avez pas pensé à me le dire ?

— J'ai cru qu'il s'agissait d'une affaire de vente illégale de charbon.

— On ne vous paye pas pour déduire, Lieutenant Betz.

Le jeune homme rougit d'embarras mais resta silencieux, les yeux rivés sur son dossier.

— On tient quelque chose, déclara Baumeister d'un air malicieux.

La mine embarrassée du lieutenant provoqua une question du major.

— Qu'est-ce qu'il y a ? Vous avez des principes de grands bourgeois et ne touchez pas à des amoureux ?

— Non, Major. La propriétaire du salon a le double de son âge.

— Peut-être qu'il fréquentait sa fille. De toute façon, conclut-il, il faut tirer ça au clair. Je veux cette coiffeuse dans mon bureau, le plus tôt possible.

— D'accord, elle y sera.

— Rompez, maintenant. Je dois comptabiliser les morts sous la torture pour le général Von Bose. J'ai beau lui expliquer qu'on ne peut pas faire une omelette sans casser des œufs, il exige plus de vivants qui confessent leurs crimes. Si ça ne tenait qu'à lui, on devrait ressusciter les résistants pour leur faire subir un autre interrogatoire.

Le lieutenant Betz fit comme s'il n'avait pas entendu les commentaires de son supérieur et ferma la porte. Pour Baumeister, Betz ignorait la vraie besogne et montait en grade sans faire couler de sang. C'était un nazi de bureau. En plus, un fils à papa. Il ne l'estimait pas fiable. Qu'avait-il fait pour mériter un bras droit plus soucieux de sa mise que de se salir les mains ? Il leva les yeux en l'air en espérant une réponse. Ce fut le silence.

Pour ne plus être de mauvaise humeur, il pensa à sa maîtresse du moment, Angèle. Il devait la voir ce soir et ils assisteraient à une pièce très populaire au théâtre des Champs-Élysées, puis finiraient la nuit dans son lit à baldaquin dans lequel Angèle recevait des punitions érotiques.

Le major se sentit déjà mieux en pensant à la soirée à venir. Il pouvait enfin se consacrer à la comptabilité des morts aux mains de la Gestapo.

## Suzy Lazowski et son petit Rodolfo

DEPUIS DEUX jours, Jean de Dieu observait les allées et venues de Suzy Lazowski. Il cherchait une façon de l'aborder sans l'inquiéter. Suzy n'avait rencontré Jean de Dieu qu'une seule fois par hasard dans un métro, en compagnie du prince. L'Angolais avait fait les présentations, sans en dire davantage. Le traducteur ignorait jusqu'à récemment où se trouvait son domicile. Sans la lettre de son patron, il n'aurait jamais su où elle vivait dans tout Paris. Le prince avait toujours été discret à propos d'elle afin de la protéger de ses activités occultes.

Jean de Dieu se doutait qu'elle tentait de faire profil bas. Cela ne servait pas à grand-chose puisque les préfectures de police, s'appuyant sur la *Loi relative aux ressortissants étrangers de race juive* promulguée dès 1940, pouvaient l'interner à tout moment. Pourtant, elle continuait à être coiffeuse dans un salon de la rue de Rennes.

Sa patronne, Pierrette, une matrone dans la cinquantaine, avait prié son cousin commissaire de préfecture de veiller à ce que son employée soit la dernière sur toute liste d'internement. Le prince était au courant de cette initiative et réfléchissait à un moyen de lui faire quitter la France quand survinrent les problèmes avec Baumeister.

Pierrette l'aimait beaucoup. Non seulement c'était une bonne travailleuse mais en plus, la patronne s'était prise d'affection pour son petit garçon de deux ans à peine, Rodolfo. Le bébé joufflu, de teint chocolat au lait, s'accrochait à son cou dès que Suzy le lui confiait. En effet, la copine du prince venait au travail avec son enfant. Pierrette possédait une crèche à l'étage et gardait les petits de ses employées avec l'aide d'une nièce. La propriétaire trouvait le petit Rodolfo fort attachant. Elle avait l'impression d'être sa grand-mère.

Hans avait proposé de monter au domicile de Suzy, dans son quartier du 19e arrondissement, et de prétendre lui vendre des prospectus pour lui parler. L'idée était bonne, cependant la jeune femme aux aguets ne devait ouvrir la porte qu'aux personnes qu'elle connaissait bien, s'était dit l'Africain. Sa filature avait révélé une femme sur ses gardes qui marchait les yeux baissés et préférait les trains bondés pour ne pas se faire remarquer par les soldats allemands. Cela dit, une déportation semblait inévitable.

Le troisième jour, Jean de Dieu décida qu'il entrerait à son travail et demanderait à parler à la patronne. Il voulait l'aide de Pierrette pour convaincre Suzy de s'échapper avec lui. La matrone comprendrait l'importance pour son employée de déguerpir. L'Africain estimait que si Pierrette employait une Juive, elle ne devait pas partager le point de vue des nazis et de leurs collaborateurs.

L'Africain attendit quelques minutes au café Les rois mages, non loin du salon de coiffure. Il portait un manteau bleu nuit, renforcé aux épaules. Son chapeau, un fedora noir cerclé d'un ruban blanc, allait bien avec sa cravate à fleurs de lys bleues et son complet noir. Il finit la dernière bouchée de son croissant et vida son café qui n'était rien d'autre que de la chicorée. Les clients de l'endroit donnaient l'air d'être trop occupés à bavarder pour faire attention à lui. Or, il savait qu'il n'en était rien. On trouvait toujours des délateurs à l'affût de la moindre information qui intéresserait le renseignement allemand. Les affamés, les persécutés et les opportunistes pullulaient plus que jamais.

Le traducteur plia le journal *Le Petit Parisien* sous son bras et sortit après avoir baissé son chapeau. Il n'eut pas le temps de s'approcher du salon de l'autre côté de la rue. Une Citroën traction avant fit crisser ses pneus devant l'édifice. Jean de Dieu préféra tourner les talons mais ne s'éloigna pas. Le jeune homme se mit en ligne pour attendre son tour à la boulangerie du quartier. Les pénuries avaient rendu les files fréquentes. Elles poussaient comme des champignons dans la ville. Des portières de voiture claquèrent et Jean de Dieu reconnut l'officier qui s'était introduit dans la salle de bain de Prince Antonio, le lieutenant Betz. Il s'agissait d'un nazi aux traits fins, au visage rasé de près et à l'uniforme impeccable. Il rouvrit son journal et jetait des coups d'œil discrets. Lukas Betz, accompagné de deux autres soldats, entra au salon Chez Pierrette.

L'Africain fut envahi de remords. Il aurait dû la contacter plus tôt. Le prince n'allait jamais revoir Suzy et son petit. Deux autres dames s'ajoutèrent à la file. Pourquoi avait-il attendu deux jours avant de la contacter ? Il s'en voulait terriblement. L'aurait-elle cru s'il l'avait abordée dans la rue ? Il regardait au-dessus de son journal et vit que la Gestapo repartait avec une grosse dame dans la cinquantaine. Ils embarquaient Pierrette, conclut-il. Peut-être que le major venait de faire une erreur stratégique. Suzy et le petit n'étaient pas perdus.

La voiture démarra rapidement sous les regards de badauds. Quatre femmes, y compris Suzy, sortirent sur le perron de l'établissement, catastrophées de voir leur patronne interpellée. Puis elles retournèrent à l'intérieur s'occuper des clientes.

Jean de Dieu sentit une main sur son épaule et se retourna brusquement.

— Monsieur, la file avance.

La femme, dans la quarantaine, recula légèrement après son mouvement brusque.

— Ah. Je ne peux plus attendre. Je vous cède ma place.

Il rangea son journal dans son manteau et traversa la rue pour se rendre chez la coiffeuse. La confusion régnait encore dans le salon et Jean de Dieu profita de la commotion pour s'adresser à Suzy qui venait d'installer une cliente dans son fauteuil.

— Mademoiselle?

Elle se tourna, interloquée.

— Prince Antonio est dehors et il veut vous parler.

Les autres coiffeuses arrêtèrent leurs activités et une dame dans la trentaine s'approcha.

— Je peux vous aider?

Il fit la sourde oreille, ressortit immédiatement en espérant que Suzy le suivrait. Il n'entendit que des murmures entre femmes qui se demandaient bien ce que cet homme noir faisait ici.

Il ne fallait pas que ces coiffeuses aient le temps de fixer son visage dans leur mémoire. Il se doutait que la Gestapo faisait circuler un portrait-robot le concernant.

— Monsieur?

C'était Suzy qui s'approchait de lui sur le trottoir, toujours perplexe.

— Où est-il? Il est revenu?

Il voulait l'emmener dans un coin discret pour lui expliquer la situation dans laquelle elle se trouvait, mais l'Africain sentait que Suzy n'allait pas faire un pas de plus sur ce trottoir.

Les passants autour d'eux marchaient d'un pas rapide et les vélos-taxis se suivaient dans la rue de Rennes ainsi que quelques autobus municipaux.

— Il n'est pas ici. Il est toujours à Lisbonne.

L'annonce sembla lui faire perdre sa contenance. Elle pâlit et secoua la tête, incrédule. Au moment où elle allait se retourner pour partir, il dit en l'agrippant par l'avant-bras afin de ne pas parler fort.

— Je suis Jean de Dieu, le traducteur du prince. On s'est rencontrés une fois. Rappelez-vous.

La coiffeuse fronça les sourcils, tentant de s'en souvenir.

— Les gens qui ont embarqué Pierrette vont revenir pour vous. Je vais vous attendre dans le café un peu plus loin. Trouvez un moyen de me rejoindre. Je vais vous aider. Vous n'êtes plus en sécurité dans ce salon de coiffure.

— Je ne me souviens pas de vous. Savez-vous pourquoi ils ont emmené Pierrette ?

On entendit une sirène au loin et Jean de Dieu jeta discrètement un coup d'œil pour voir si c'était pour eux. Voyant que le son s'éloignait, il tenta son va-tout.

— Non. Mais je soupçonne qu'ils vont la forcer à parler. Et votre nom va sortir. Suzy, il faut me croire. C'est Prince Antonio qui m'a demandé de vous aider.

Ses lèvres tremblèrent et elle sembla vouloir tenter sa chance avec lui. Mais elle le regarda, désespérée.

— Je ne peux pas. Mon fils est à l'étage. Je ne peux pas partir sans lui.

La femme lâcha cet aveu comme une femme piégée, déjà condamnée.

Le traducteur insista.

— Allez le chercher. Dites aux autres coiffeuses que je suis son père et que je vais vous emmener au jardin du Luxembourg. Retrouvez-moi dans ce café, dit-il en indiquant Les rois mages.

Elle ne répondit pas et s'éloigna. Puis Suzy revint rapidement.

— Comment s'appelle Prince Antonio ?

— Antonio Jose Henrique Dos Santos Mbwafu du royaume Kongo.

Le fait qu'il savait le nom entier de son prince et qu'il l'avait dit sans la moindre hésitation la rassura.

— J'arrive.

Soulagé, Jean de Dieu utilisa une cabine téléphonique non loin pour appeler le café d'Armando. Il lui demanda s'ils acceptaient des réductions pour les étudiants sur leur sandwich maison. Le propriétaire confirma ce fait et l'appel prit fin. C'était un message codé pour que Hans vienne les récupérer en voiture dans la rue de Rennes.

Le chauffeur du prince quitta Armando et se mit en route dans la voiture de son patron pour récupérer son ami, Suzy et Rodolfo. La Renault était méconnaissable. Noire, elle affichait des jantes à douze trous, des phares non chromés et sur le toit, il y avait trois bonbonnes de gaz. Bien sûr, tout ça avait coûté cher. Le pécule dans le coffre-fort du prince avait permis de s'acquitter de la facture.

Il emprunta la rue de Vaugirard et contourna le jardin du Luxembourg. C'était la voie la plus rapide pour s'y rendre. Hans conduisait avec prudence, espérant ne pas heurter les vélos-taxis qui prenaient de plus en plus de place sur la chaussée.

Entretemps, Suzy sortit avec Rodolfo, emmitouflé dans le froid parisien. Jean de Dieu se présenta sur le trottoir et saisit sa main comme s'ils étaient un couple. Ils s'assirent dans un coin discret du café. Il fallait s'armer de patience. Un couple mixte avec bébé dans le métro n'allait pas passer inaperçu. La voiture de Hans s'imposait. Le bébé regardait l'Africain avec intensité. Il était couvert de linges épais et son petit chapeau tomba. Sa mère le remit sur son cuir chevelu recouvert de boucles brunes.

Quelques clients les observèrent, surtout à cause du bébé. On était à la mi-journée et il n'y avait pas beaucoup de monde. Jean de Dieu ne voulait surtout pas que le gamin fasse une scène dans cet environnement inconnu. Il commanda du lait chaud pour le petit et parla à sa mère d'une voix calme. Le barman leur apporta un café noir chacun.

— On attend une voiture. Elle ne traînera pas. C'est le chauffeur du prince.

— Hans ?

— Oui. Vous le connaissez ?

— Non, mais le prince a mentionné son nom à quelques reprises.

Jean de Dieu regrettait un peu que son patron n'ait pas fait de même avec le sien.

Suzy, anxieuse, tournait le dos à la vitrine du café comme si elle souhaitait ne pas savoir quand son sort serait scellé. L'Africain remarquait qu'elle tremblait et ne pouvait donner le petit verre de lait à son fils.

Il prit sa main à nouveau, la frotta pour la réchauffer, car elle était glacée et d'un sourire attendrissant dit à voix basse :

— Tenons le verre ensemble. Les gens qui nous observent vont détourner leur regard. Des amoureux, c'est toujours inoffensif.

Suzy sourit discrètement pour lui signifier qu'elle partageait son avis. Ils donnèrent le verre de lait au bébé qui, concentré par la délectation qu'on lui offrait, en oublia d'observer cet homme au grand chapeau, près de sa mère.

— Comment s'appelle-t-il ?

— Rodolfo. Son nom entier est Rodolfo Prince Henri Junior Dos Santos Mbawfu.

— L'héritier, dit-il, en souriant.

Hans prit dix minutes et s'approcha du salon de coiffure dans son véhicule. Il savait qu'ils attendaient au café Les rois mages et ralentit devant l'établissement. Quand Jean de Dieu le vit, il fit signe à Suzy de lui passer le petit. Elle hésita quelques secondes. L'Africain avait les bras ouverts.

— Ne vous en faites pas. Il ne va pas pleurer.

Le traducteur dégageait une douceur naturelle qui domptait les inquiétudes du bébé.

Rodolfo se laissa porter, un peu inquiet mais sans larmes. Sa mère lui faisait un grand sourire et caressa sa joue en murmurant des mots de bébé.

Ils sortirent ainsi, avec Suzy en train de le divertir avec un hochet qu'elle venait de sortir de son sac.

Il fit un rot et Suzy en profita pour lui essuyer la bouche, sa tête au-dessus de l'épaule du traducteur.

Hans immobilisa la voiture à quelques mètres d'eux dès qu'il les aperçut dans son rétroviseur. Ils s'y engouffrèrent rapidement et le chauffeur se mit en route en direction de chez Nadège, la femme d'Armando.

Jean de Dieu rendit le petit à sa mère. Ils roulèrent en silence, avec le bébé sur ses genoux. Il s'adressa à elle, d'un ton rassurant.

Ils n'allaient pas loin, derrière Le croissant doré, non loin de la Sorbonne. Nadège, une Parisienne mariée à un Brésilien, vivait dans un appartement de deux chambres.

Le couple n'avait pas d'enfant. Quand est-ce qu'elle pourra parler à Antonio ? s'enquit-elle. Il faudra attendre quelques jours, répondit-il sans plus. L'important, ajouta Jean de Dieu, était d'essayer de ne plus se faire de mauvais sang. Avec Hans et lui, elle était entre de bonnes mains. Rien de mal ne pouvait lui arriver maintenant.

Une fois sur place, ils descendirent rapidement. Le traducteur ordonna à Hans de faire le tour du pâté de maisons et de revenir. Il n'allait pas traîner. Hans sourit au bébé et dit « à bientôt » à Suzy, qui répondit d'un sourire.

Au deuxième étage d'un vieil immeuble, Nadège, une petite femme brune dans la fin de la trentaine, ouvrit rapidement après deux coups sur la porte et Jean de Dieu laissa passer la mère et le bébé.

La femme d'Armando mit tout de suite Suzy à l'aise. Elle parlait à voix basse, lui montra sa chambre et les effets de toilette dont elle aurait besoin. Suzy réalisa à ce moment précis qu'elle avait laissé ses papiers et ceux de son enfant chez elle. Jean de Dieu profita de cet instant pour lui dire ce dont il n'avait pas osé parler dans la voiture. Il n'avait pas souhaité lui annoncer qu'elle ne retournerait plus jamais à son domicile de peur d'augmenter son anxiété.

— Passez-moi les clés de votre appartement et donnez-moi une petite liste de ce que je dois vous apporter. Je vais m'y rendre avec Hans.

Il lui donna un morceau de papier et un stylo. La femme nota comme une automate. Il y avait ses papiers originaux, l'acte de naissance du bébé, quelques billets de banque cachés dans son oreiller pour les urgences, des lunettes pour lire, puis elle ajouta d'autres affaires comme la photo de ses parents morts dans les camps de concentration. Mais le traducteur, toujours d'une voix douce, lui avoua qu'il ne reviendrait sûrement pas avec tout ça.

Elle se résigna, tendit la feuille, s'assit sur le lit de la chambre qu'elle occuperait et caressa les cheveux de son petit que le lait avait fini par endormir. Nadège lui apporta un chocolat chaud du Brésil et la rassura à nouveau que son enfant et elle n'avaient rien à craindre dans ces lieux.

Le traducteur sortit de l'immeuble d'un pas pressé, s'installa dans la voiture et son acolyte mit le cap sur la Villette. Il fallait y arriver avant les hommes du major. Les deux amis savaient qu'ils prenaient un risque. Mais ils voulaient se débarrasser des photos de Suzy. Ainsi, ils garderaient une longueur d'avance. Tout ce qu'ils tenaient à faire consistait à brouiller les cartes assez longtemps pour que Suzy et son fils rejoignent Prince Antonio.

# Conversation fructueuse entre Jenny et Angèle

JENNY NE travaillait pas ce soir-là. Elle attendait l'arrivée d'Angèle, la maîtresse du major, dans un restaurant à la mode, rue du Cherche-Midi. Elle s'était présentée à elle la veille comme une ancienne du Sphinx, établissement où Angèle offrait ses services quand elle n'était pas en compagnie du major. L'Alsacienne, curieuse de savoir pourquoi cette Chinoise, prostituée comme elle, lui avait donné rendez-vous dans un restaurant parisien huppé, se pointa à l'heure. Elle s'imaginait que sa collègue recrutait pour une partie fine, avec plusieurs clients.

La copine de Jean de Dieu se montra généreuse au dîner. Elle l'arrosa d'un champagne allemand d'une bonne réputation. L'endroit ne pouvait pas être comparé au restaurant Maxim's, toutefois il jouissait d'une popularité grandissante. Le couvert pouvait atteindre 500 francs de l'époque, tandis que dans les bistrots de quartier, on se payait le gueuleton à 18 francs l'assiette. Jenny, sur son trente-et-un, jouait la carte de la copine solidaire des affres du métier. La clientèle comptait de nombreux Allemands en compagnie de belles-de-nuit au visage trop fardé et à la poitrine excessivement décolletée. Ils mangeaient âprement et se murmuraient des commentaires inappropriés, yeux dans les yeux, anticipant les ébats à venir.

Angèle avait choisi une cassolette d'andouillette au camembert et Jenny mangeait des raviolis de langoustine avec crème de foie gras. Tout était permis durant l'Occupation à qui savait payer. Les restrictions et les tickets de rationnement demeuraient contournables. Les restaurateurs usaient de toutes leurs ruses pour garnir au mieux leurs menus.

Angèle ignorait que sa nouvelle copine réglerait l'addition avec une infime partie des 50 000 francs que Jean de Dieu avait récupérés dans le coffre-fort de Prince Antonio. Le but consistait à lui en mettre plein les yeux. L'Alsacienne, à la deuxième coupe de champagne, se décontracta et lui demanda si elle avait un Allemand riche comme Crésus dans son lit pour pouvoir se payer une telle sortie. La Chinoise mentit et lui annonça qu'elle s'occupait d'un très haut gradé, vraiment très haut. Angèle releva un sourcil, espérant un nom. Or, Jenny se contenta de dire qu'elle pourrait lui présenter quelqu'un d'aussi gradé et bourré aux as.

Sa nouvelle amie se réjouit de cette proposition. Elle trinqua à l'amant riche qu'elle rencontrerait. Mais pourquoi elle ? Était-ce un coup de chance ou autre chose ? La Chinoise répondit que c'était une recommandation. Quelqu'un au Sphinx appréciait son travail. La réponse sembla la satisfaire. Jenny ajouta à mi-voix qu'il y avait quand même un petit problème à régler. Elle s'approcha d'elle et, d'un ton feignant le tracas, lui rappela qu'elle avait déjà Baumeister. Oh, ce grippe-sou ? À l'exception de rares soirées au cinéma, il préférait les brasseries populaires et la choucroute à l'ail. « Imagine son haleine », commenta Angèle, excédée.

Jenny enfonça le clou en mentionnant que ces derniers temps, son amant l'invitait au Lido et aux Folies Bergères. Avant ça, ce fut au Casino de Paris et au Moulin de la Galette. Bien sûr, tout cela n'était que mensonges et ruses pour appâter Angèle. Cette dernière, à voix basse, torpilla son amant de plus belle en soulignant que ses exigences sexuelles devenaient de plus en plus perverses. De son côté, Jenny rapporta que son grand officier allemand, titulaire de la croix de fer, s'endormait rapidement après une satisfaction de base.

Ce fut au dessert que Jenny entra dans le vif du sujet. Devant une tarte au chocolat praliné, et un éclair caramel au beurre salé pour Jenny, Angèle écouta la proposition de sa nouvelle amie. La « croix de fer » voulait se débarrasser du major pour mettre son poulain à la place. Comme ils étaient tous Allemands, il ne pouvait pas le cribler de plomb. Il restait le chantage pour qu'il donne sa démission. Serait-elle capable de l'aider ? La « croix de fer » la dédommagerait pour ses efforts et la présenterait à un autre héros nazi qui l'emmènerait fréquemment au Lapérouse et au Ritz. Angèle n'hésita pas. Ça faisait quelque temps qu'elle songeait à se débarrasser de son amant et quoi de mieux que de le remplacer par un Crésus qui fornique sans excès d'imagination ! L'affaire fut conclue et Jenny, qui toucha à peine à sa coupe, commanda deux digestifs pour faire descendre le repas.

En raccompagnant Angèle, qui n'habitait pas très loin, Jenny lui expliqua ce qu'elle attendait d'elle. L'amante devait inviter le major chez elle et le dénuder sous une lumière douce. Puis, prétextant un besoin d'aller aux toilettes, elle déverrouillerait la porte d'entrée. Jenny se chargerait de prendre des clichés inoubliables. « Ne t'en fais pas, j'éviterai de prendre ton visage», précisa-t-elle. «C'est lui qui m'intéresse.»

Angèle promit de la contacter quand elle recevrait le nazi. Pour s'assurer qu'elle ne la fasse pas traîner en longueur, Jenny lui donna 250 francs et promit le même montant, une fois les photos prises. La «croix de fer» comptait sur elle, conclut-elle en tournant les talons.

## Pierrette ne lâchait pas le morceau

Le nazi avait fait entrer Pierrette dans son bureau juste après son arrestation au salon de coiffure. Durant les deux premières heures de l'interrogatoire, Baumeister s'était montré ferme mais patient. « Nous savons que Prince Antonio, le suspect dans une affaire sur laquelle mes hommes travaillent, vous faisait des virements bancaires réguliers. » Pouvait-elle lui dire de quoi il s'agissait ? La matrone joua d'abord l'innocente. Elle ignorait tout. Elle était honnête et possédait les papiers nécessaires pour son salon de coiffure.

Le major n'aimait pas cette façon d'éviter sa question. Il décida de lui montrer le document sur sa table. Il s'agissait d'un relevé bancaire, le même qui se trouvait chez elle dans sa paperasse administrative. Pierrette demanda si on pouvait lui prêter une loupe parce que la dactylographie était trop petite pour ses yeux. Le nazi accepta de jouer le jeu et ordonna à Lukas Betz de lui apporter une loupe et même une tasse de café, du vrai, bien sûr. Le lieutenant mit une demi-heure avant de revenir avec une loupe. Apparemment, aucun enquêteur n'en avait. La vérité était que personne ne voulait prêter la sienne. Baumeister avait la réputation de ne jamais rendre ce qu'il réquisitionnait. Personne n'osait le lui redemander.

Pendant son attente, le nazi observa cette Française qui semblait n'avoir rien à se reprocher. Elle se trouvait en face d'un haut gradé de la Gestapo qui marchait de long en large comme un lion en cage devant elle, mais cela ne semblait pas la perturber. Pas de gouttes de sueur sur le front ni de tremblements, même pas de bégaiements dans ses réponses.

Il resta silencieux pour la faire mariner. Puis, quand elle scruta le document de la banque, elle fit comme si tout lui revenait en mémoire. Oui, bien sûr. Il s'agissait du charmant monsieur noir à qui elle vendait du charbon pour l'hiver.

Le major s'attendait à une telle réponse et convoqua son lieutenant.

Qu'avez-vous vu dans l'examen sommaire des lieux, Lieutenant Betz ?

— Un salon de coiffure, déclara le jeune homme et à l'étage, il avait noté une crèche illégale. Il avait compté trois enfants en bas âge et un nourrisson, des petits lits, un parc, des langes et une cuisinette où se trouvaient des biberons qu'une nourrice préparait.

— Et le charbon ?

— Pas de charbon.

Baumeister prit une mine scandalisée.

— Vous n'avez pas honte, madame Pierrette ? Mentir à la Gestapo !

Le nazi jouait avec son monocle en le faisant tourner au bout de son fil comme une hélice et la patronne de Suzy se demandait s'il allait le lui lancer.

— D'accord, admit-elle.

Ce n'est pas elle qui vendait le charbon. Elle encaissait les chèques du prince africain parce que le vendeur de charbon n'avait pas de compte en banque. C'était sa façon de rendre service à un ami.

— Quel ami ? Je veux son nom immédiatement. Écrivez-le.

Une fois le nom écrit, Pierrette demanda si on pouvait la reconduire à son lieu de travail.

— Pas si vite, rétorqua le nazi.

Il fallait vérifier ses dires. Une fois que ses hommes confirmeraient ce qu'elle venait d'affirmer, il donnerait l'ordre de la raccompagner.

Elle but son café, imperturbable, et prit une grande respiration, excédée. L'officier allemand, surpris qu'elle n'ait pas encore montré le moindre signe de frayeur, salua son courage.

— Vous avez du cran, madame. J'espère pour vous que vos propos seront corroborés. Autrement, vous risquez de tout perdre. Aussi bien vos belles dents que votre salon de coiffure.

La menace n'eut pas grand effet. À ce moment, Magda entra avec un mot. Tout s'éclaircit pour le major. Il avait en main la missive d'un commissaire de préfecture l'implorant de se montrer clément avec sa cousine. La coiffeuse, française de souche, ne collaborait pas avec les ennemis du Troisième Reich. Tout cela ne pouvait être qu'un malentendu et patati, patata. Baumeister ne lut pas le reste du message. Il le froissa devant Magda, le jeta dans la poubelle sous son bureau et ordonna à Magda qu'on fasse un « 4-24 ».

C'était un code pour qu'on ouvre une enquête sur ce commissaire qui osait s'adresser à lui sans suivre les procédures bureaucratiques qui s'imposaient. La missive changea le rapport de force avec Pierrette. Baumeister décida qu'une Française croyant être protégée par un commissaire de préfecture méritait d'apprendre qui sont les véritables chefs de France.

— Enfermez-la dans la cellule C-4, ordonna-t-il à son lieutenant.

Il s'agissait d'une cage étroite, à côté de la salle de torture. Pierrette entendit des râles d'hommes brutalisés et de femmes violentées pendant cinq heures. Elle tenta de garder son calme, boucha ses oreilles et vit le visage du petit bébé de Suzy. Il ne fallait pas qu'on tue cet enfant. Il était devenu comme son petit-fils. Elle fit sa prière à plusieurs reprises, demandant des conseils au Bon Dieu. Mais les voix de suppliciés dominaient ses pensées. Quand un prisonnier perdait connaissance, Pierrette entendait le seau d'eau lancé en plein visage pour le réveiller. Elle se savait juste à côté de l'enfer et le major en était le diable. Ça faisait en tout sept heures qu'elle avait quitté son salon de coiffure et elle ignorait quand elle y retournerait. Si seulement on pouvait faire taire les cris des torturés, elle pourrait évaluer sa situation.

* *
*

À la huitième heure de détention, le nazi fit sortir Pierrette de sa cellule. La patronne de Suzy se trouvait à nouveau en face du major qui la dévisagea avec son monocle à l'œil droit. Il opta pour le tutoiement.

— On a vérifié. Ton ami vend bien du charbon illégalement. Mais il ne connaît pas Prince Antonio. D'ailleurs, ça fait trois mois qu'il ne t'a pas parlé. Tu sais ce que je fais aux menteuses, moi ? Je leur pique la plante des pieds sans arrêt et elles ne peuvent plus marcher pour le reste de leur vie.

Elle voulut répondre, mais bégaya. Il faisait chaud dans ce bureau et les menottes qu'elle portait lui brûlaient les poignets. Pierrette savait que le major ne lançait pas des menaces en l'air. Ses mains tremblantes implorèrent le major d'arrêter les invectives. Elle avait tenu huit heures en face d'un bourreau professionnel et espérait que Suzy et Rodolfo avaient utilisé ce temps adéquatement. Le râle des suppliciés s'imposa à son esprit. Surtout pas de torture pour elle.

— Je vais tout vous dire, Major. Promettez-moi de ne pas me faire redescendre au sous-sol.

— Tout dépend de ce que tu diras. Sache que ta vie est entre mes mains. Je peux te mettre une balle entre les deux yeux ici ou te donner en pâture à mes hommes au sous-sol, ça leur changera les idées d'avoir une vieille femme pour s'amuser. Ils ne font jamais la fine bouche.

Elle avala de travers, ce qui la fit tousser. Baumeister resta impassible, les bras croisés sur son ventre rond.

— J'ai touché pendant des mois des chèques de Prince Antonio pour mes services à la crèche. Il a un bébé avec une de mes employées, Suzy.

Le major pâlit sur-le-champ. Il se rendit compte qu'il venait de rater une personne importante dans sa traque des diamants du prince angolais.

— Suzy qui ? demanda le nazi d'une voix blanche.

— Suzy Lazowski.

« Une Juive en plus », pensa-t-il.

— Était-elle au salon de coiffure quand on t'a embarquée ?

— Oui. Comme tous les jours de la semaine. C'est mon employée.

— À quelle heure finit-elle ?

Elle regarda l'horloge dans le bureau et répondit :

— Dans moins d'une heure.

Il appela son lieutenant.

— Remettez-la dans la cellule C-4.

— Non ! Je vous en supplie.

— Tu croyais que tu allais m'intimider avec ton cousin commissaire de préfecture, hein ? C'est pour ça que tu résistais. Mais ton cousin est un paillasson pour mes pieds ! Il n'a aucun moyen de t'aider. Je suis le seul qui peut te sauver la vie !

Pierrette apprit ainsi que son cousin s'était manifesté. Mais, à en croire la décision du major, cela n'avait fait que mettre de l'huile sur le feu.

— Je vous jure que je ne lui ai jamais dit où j'étais. Je n'en ai pas eu le temps.

— Lieutenant, emmenez cette pouffiasse.

— Je vous en prie ! Je ferai tout ce que vous voudrez !

Le major laissa ces mots résonner dans son bureau. C'était le son de la victoire. De sa victoire. Personne ne lui résistait. Ça avait pris huit heures avec cette grosse femme simplement parce qu'elle s'était bercée d'illusions à propos d'un cousin policier volant à son secours. Il avait brisé cette illusion, fait mariner la coiffeuse dans l'antichambre de l'horreur et elle était « passée à table », comme on disait dans le jargon policier. Elle avait brandi le drapeau blanc.

— Tout ?

— Oui, tout.

— D'accord. On va t'emmener voir notre dessinateur pour que tu fasses un portrait-robot de cette Suzy.

Soulagée de ne pas retourner au sous-sol, elle le remercia plusieurs fois.

— Tu nous donnes son adresse. Si tu me mens, tu finis sous les verrous à Fresnes. Je peux te promettre qu'en prison, tu vas perdre tes kilos en trop.

Il fit signe à Magda de l'emmener au bureau des portraits-robots. Lukas Betz voulut l'accompagner.

— Non. Vous, vous restez.

Le lieutenant n'aimait pas le ton de son patron. Il n'augurait rien de bon.

— Quand je vous ai envoyé chercher Pierrette, qu'ai-je ajouté comme mission ?

— D'inspecter les lieux et de vous faire un rapport verbal de ce que j'ai vu.

— Vous n'avez pas remarqué un bébé noir dans la crèche ? Un nourrisson à la peau sombre ? Avec des cheveux d'Africain ? Est-ce que vous savez à quoi ressemble un Noir ? Avez-vous déjà vu un chimpanzé ? Vous êtes-vous déjà promené dans un zoo ? Je sais que vous ne supportez pas le jazz puisque c'est une musique de sauvages. Mais vos yeux de biche doivent quand même avoir vu un singe dans un zoo ?

Le lieutenant ne savait pas quoi répondre. Il resta au garde-à-vous, sidéré par l'agression verbale de son patron.

— Oui, maintenant que vous le mentionnez, Major, il y avait un bébé noir. Ils sont si nombreux à Paris, je n'ai pas fait le rapprochement.

— Je vous rappelle que nos suspects sont noirs !

Le monocle s'était détaché de son œil droit sous la grimace colérique de l'officier allemand.

— Allez au salon de coiffure la chercher ! Peut-être que cette Suzy Lazowski est assez idiote pour croire qu'on interroge sa patronne pour autre chose. Et envoyez des hommes vérifier son domicile. Saisissez tout ce qui est important comme les papiers d'identité, les itinéraires ou les billets de train. Cette femme est la préférée du prince angolais. Elle doit savoir quelque chose sur ses diamants.

Le lieutenant fit son salut hitlérien et sortit sans attendre que le major en fasse autant. Le jeune homme, furieux de se faire houspiller, songea à demander un transfert immédiatement. Cependant, quelque chose le retint. Il souhaitait aller au bout de cette affaire de Noirs, de *jazzmen* et de Juive fornicatrice avec un dégénéré. Ce serait une histoire à raconter dans les dîners de la noblesse norvégienne nazifiée, une fois qu'il serait transféré.

# Compte-rendu de Jenny à Jean de Dieu

LE TRADUCTEUR avait reconnu la façon dont Jenny cognait à sa porte. Deux coups très discrets. Il fallait tendre l'oreille pour savoir que quelqu'un voulait entrer. Il sortit de sa petite baignoire où ses pieds dépassaient pour lui ouvrir en peignoir. Elle fut surprise de son apparence.

— Oh, je vois que j'arrive au moment de la toilette.

— Je viens de chez Suzy, l'amie de Prince Antonio et j'ai utilisé son fourneau pour brûler des photos et d'autres documents. L'odeur me collait à la peau.

Jenny ne fit aucun commentaire sur le sujet. Elle portait la belle robe du dîner avec Angèle. Une robe de soie au style vaguement oriental. Elle s'invita dans la salle de bain, retira sa robe et garda son jupon. Ensuite, elle prit le pot d'eau chaude et en versa dans la baignoire qui commençait à se refroidir. Jean de Dieu appréciait ce moment d'intimité avec Jenny. Sa journée dure et pleine de risques finissait sous de meilleurs augures. Elle alla chauffer plus d'eau sur le fourneau de l'Africain.

Au salon, la radio captée d'Angleterre jouait *Body and Soul*, la chanson que le saxophoniste Coleman Hawkins avait enregistrée en 1939. Malgré les parasites et le volume bas, on entendait la mélodie douce saupoudrer l'atmosphère du couple d'une intimité nouvelle.

Ils passèrent dans la chambre et Jenny se mit à l'aise dans le lit. Le traducteur ramena une surprise culinaire comme à son habitude. Cette fois, c'était une soupe à l'oignon qu'il avait préparée, avec des lardons venus de chez un boucher qui en gardait pour une clientèle triée sur le volet. Ils mangèrent en partageant un plateau sur lequel on trouvait des tranches de pain de campagne.

Elle lui fit son compte-rendu de la rencontre avec Angèle. Puis elle déposa le plateau sur le plancher de sa chambre.

— Quand elle te dira de venir, je m'y rendrai pour prendre les photos, annonça-t-il.

— Non, dit Jenny. Je préfère le faire moi-même.

Le traducteur, surpris, la regarda droit dans les yeux.

— C'est beaucoup trop risqué.

Elle eut un sourire en coin.

— Voilà que tu fais comme si j'avais de l'importance à tes yeux.

— Arrête, Jenny. Tu sais que je tiens à toi.

— Je peux arrêter la prostitution, confia-t-elle. Juste pour toi.

Il prit son visage entre ses deux mains et la força à le regarder.

— Aucun homme ni aucune femme ne doit te dire quoi faire, Jenny. Ta liberté, c'est ce qu'il y a de plus précieux. C'est une décision que je souhaite, mais c'est à toi de la prendre.

— Tu m'aimes ?

L'Africain déposa un long baiser sur ses lèvres.

— Oui, je t'aime. Depuis plusieurs mois. Mais je ne voulais pas précipiter les choses, que tu t'imagines que je ne m'intéressais qu'à ton corps.

Elle se blottit contre son épaule.

— Je vais arrêter. Donne-moi un peu de temps. Je l'avais fait, tu sais ? Et puis quand les Allemands sont arrivés, c'était devenu difficile de gagner sa vie en important des chinoiseries. Je ne peux pas être serveuse ou vendeuse aux halles. J'ai essayé. Les gens imitent mon accent. Impossible. Tu ne m'en veux pas de continuer ? Dis-moi la vérité.

— Non. Je sais que tu vas arrêter. Je n'en doute pas.

Il sortit un appareil photo Leica du tiroir de son chevet. Il était relativement petit et dissimulable. Il le manipula avec une facilité déconcertante. Jenny comprit qu'il s'y connaissait en photographie. L'Africain ajouta l'objectif qu'il vissa et dévissa pour montrer à sa copine comment s'y prendre.

Jean de Dieu ouvrit la base de l'appareil après avoir tourné une petite manette. Ensuite, il sortit une petite boîte et une paire de ciseaux du tiroir de son lit. La boîte contenait une pellicule dont il coupa un bout afin de l'insérer autour d'une bobine. Jenny le regarda faire sans dire un mot. Le traducteur lui expliqua le maniement de l'objectif de marque Elmar pour les gros plans. Elle répéta après lui pour s'assurer d'avoir bien compris. Leurs mains se frôlèrent, puis se touchèrent. Ils se regardèrent dans un silence lascif. Jean de Dieu rangea l'appareil photo et embrassa passionnément Jenny. Ils finirent par s'aimer en oubliant les bougies allumées.

Mais au milieu de la nuit, Jean de Dieu eut un cauchemar et sa copine dut le réveiller.

— Ce n'est qu'un mauvais rêve, Jean de Dieu.

— J'avais été pris par la Gestapo. On s'apprêtait à me fusiller.

Jenny le rassura en disant qu'il n'avait rien à craindre, essuya son front avec un mouchoir et alla lui chercher un verre d'eau.

— *Il est préférable de se faire tuer à coups de bâtons que de mourir de peur.* C'est un proverbe chinois, mentionna Jenny.

— C'est vrai, confirma son amant. Mais ils ne nous ont pas encore eus.

Elle passa sa main sur son visage et commenta :

— Ta peur ne se révèle que dans la nuit. Le jour, tu as des nerfs d'acier.

L'Africain ne répondit pas. Il s'était déjà rendormi.

## Hans règle le problème d'Armando

ARMANDO DEVAIT appeler Prince Antonio pour l'informer que Suzy et son fils se trouvaient en lieu sûr. Ce jour-là, le café de la rue Champollion était resté fermé. Les stores étaient tirés. On ne voyait rien de l'extérieur. Le propriétaire semblait en retard dans ses affaires. Hans et Jean de Dieu lui donnèrent un coup de fil avant de se mettre en route. Mais c'est Hans seulement qui arriva et entra par la porte dérobée à l'arrière du commerce. Armando l'accueillit chaleureusement et lui offrit son fameux chocolat chaud brésilien.

— Où est Jean de Dieu ?

— Je ne sais pas, répondit Armando. Il m'a fait comprendre dans son coup de fil qu'il devait semer deux personnes qui semblaient le suivre dans le métro.

— Ah.

Hans demanda ensuite la raison pour laquelle le café restait fermé.

— Je crains que les policiers de l'autre jour passent encore aujourd'hui. Ce serait la troisième fois. Je leur ai donné vos noms, Kassoma et Montlouis. Ils n'ont rien trouvé, bien sûr. Impossible d'avoir un domicile, un visa d'entrée ou la moindre contravention à votre nom. Alors ils me harcèlent.

— Tu veux de l'aide ?

La proposition figea le Brésilien quelques secondes.

« De quelle aide parle-t-il ? Je le connais bien, il n'hésitera pas. »

Le propriétaire du café fit mine de réfléchir et conclut :

— Non, je crois que je peux les contrôler.

Le métis haussa les épaules.

— D'accord.

Le jeune chauffeur attendit que son ami passe le coup de fil à Prince Antonio. Toutefois, Armando restait assis et pensif.

— Le patron attend notre appel. Si tu ne le fais pas, je le fais.

— D'accord. Je me disais que Jean de Dieu devait être ici.

— C'est l'heure.

Le chauffeur avait raison. S'ils n'appelaient pas à l'heure exacte, le prince conclurait que la mission pour récupérer Suzy et son enfant était un échec.

Il eut Prince Antonio rapidement et livra son message qui faisait référence à la pluie et au beau temps. Quant à leur chef, il indiqua, dans un jargon que le Brésilien connaissait bien, que les choses progressaient pour sa venue à Paris.

À la fin de cet appel codé très court, on cogna à la porte d'entrée. Armando fit signe à Hans de ne pas faire de bruit. Il traversa son café, alluma la lampe du plafond et ouvrit la porte. Le bruit de carillon résonna au milieu de voix familières. Hans reconnut les deux policiers de la fois dernière. Ils claquèrent la porte derrière eux.

Le chauffeur du prince sortit son Luger 9 mm à poignée en ivoire. Puis, sans faire de bruit, il prit le silencieux qu'il cachait dans la doublure de sa veste et le vissa doucement au bout de son pistolet. Ensuite, l'homme mit son dos contre un mur, proche de la porte dérobée. Il fallait être prêt à tout.

— Armando, mon cher ami, dit le policier qui jouait le gentil. Tu as du nouveau pour nous ?

— Messieurs, j'aurais aimé vous donner d'autres nouvelles. Mais Kassoma et Montlouis ne se pointent plus ici. Je crois que vous leur avez fait peur.

L'agent qui jouait les gros bras leva le ton.

— C'est la troisième fois qu'on vient te voir. Dis-nous ce que tu sais. Sinon, on t'embarque et je ne sais pas si ta femme te reconnaîtra, une fois qu'on en aura fini avec toi.

— Je ne sais rien ! Je vous ai tout dit !

Hans entendit un cri. Armando tomba par terre.

— Sale Brésilien ! Tu veux jouer les durs à cuire ? On va te montrer.

Hans apparut dans le café, derrière les deux policiers. Il vit la grande brute donner un coup de pied dans les côtes de son ami.

— À votre place, je ne ferais pas ça.

Les deux policiers se retournèrent en même temps. Le plus petit, celui qui jouait au gentil, resta immobile, tandis que l'autre tenta de sortir son arme. Hans pointa son pistolet et logea une balle dans son front. On entendit un bruit étouffé. Il s'effondra sur place. Le petit leva les mains en l'air et dit :

— Ne tire pas. On peut s'arranger.

Armando se roulait de douleur au sol entre les tabourets de son café.

— D'abord, tu vas t'excuser auprès de mon ami.

— Pardon. On ne voulait pas te... faire de mal.

— Maintenant, tu fais ta prière.

Le policier resta bouche bée. « Ce type veut m'abattre. »

— Attends, on tue pas un flic comme ça. Deux, c'est pire. Je peux arranger tout ça et dire que c'était un accident.

Armando arrêta de se tenir les côtes et se mit sur son séant pour se lever. Il entendit le bruit sourd du silencieux et vit le deuxième policier tomber sur son acolyte déjà mort.

— Mais...

— Armando, ne me remercie pas de t'avoir sorti d'un grave problème. Contente-toi de me dire où on peut cacher les corps.

Le cafetier, mis devant le fait accompli, se releva en silence. Il se doutait qu'avec Hans dans ses murs, les choses devaient prendre une tournure finale, sans appel.

— D'accord.

Le cafetier sortit par la porte dérobée. Il vérifia que la voie était libre et les deux amis transportèrent les cadavres chez le voisin résistant dans une brouette couverte d'une bâche. Le postier était au travail. Ils déposèrent les corps derrière un talus et les couvrirent de la même bâche. La nuit tombée, Armando allait, avec la complicité du voisin, les enterrer dans son sous-sol. Ils rejoindraient un soldat allemand que le résistant avait abattu, lors d'une poursuite à pied à l'aube.

Une fois de retour au café, ils trouvèrent Jean de Dieu fumant une Gauloise. Il les observa sans parler, le chapeau légèrement incliné et un sourire sur les lèvres. Ses amis n'eurent pas besoin de donner d'explications.

— Tu nettoies les lieux impeccablement, Armando. Hans et moi allons déplacer leur voiture. Penses-tu qu'ils t'ont suivi, Hans ?

— Non, ils ignoraient tout de ma présence. C'est pour ça que je les ai eus.

— Beau travail, complimenta Jean de Dieu.

Devant la mine incertaine d'Armando, l'Africain le prit par l'épaule.

— Ces gens n'auraient jamais arrêté. T'aurais fini six pieds sous terre.

— Encore une belle journée pour survivre, commenta Hans en faisant un clin d'œil au Brésilien.

— Merci pour ton aide, Hans, répondit Armando, les yeux baissés.

Il se mit tout de suite à la tâche. Il fallait rendre le parquet brillant de propreté et vérifier si les murs ne portaient pas de traces de sang.

Le chauffeur et Jean de Dieu sortirent dans la rue sans se faire remarquer. Ils n'eurent aucune difficulté à reconnaître la voiture des agents. Elle était stationnée juste devant, en infraction routière, et le plus petit des policiers avait laissé sa veste d'où on pouvait voir la poignée d'une arme sortir d'une poche extérieure. Qui d'autre que des policiers pouvaient, en temps de guerre, être aussi négligents ? Hans, le col de son manteau remonté et son chapeau au ras des sourcils, força la portière avec une barre métallique. Une fois le déclic entendu, il fit signe à Jean de Dieu de la tête. Le cafetier les observa d'une fenêtre. L'audace de ces deux hommes le laissa sans voix. N'avaient-ils jamais peur qu'on les attrape ? Il se remit à astiquer le plancher afin de ne laisser aucune trace de ce qui s'était passé dans son café.

Hans et l'Africain ne firent pas un long parcours. Ils abandonnèrent l'auto près du métro Odéon, à quelques minutes de leur point de départ. Ils s'assurèrent de porter des gants pour ne pas laisser d'empreintes dans le véhicule.

Ensuite, les amis prirent un trajet différent l'un et l'autre pour retourner à la Renault garée dans la rue Racine. Il pleuvait légèrement sur Paris, une pluie glaciale, et les citadins couraient se mettre à l'abri.

# Prince Antonio et les ombres de Lisbonne

Lisbonne était battue par les vents venus de l'Atlantique, et le bord de ses côtes fouetté par les vagues. Prince Antonio, l'estomac dans les talons, avait quitté son appartement en fin de journée pour aller dîner dans un restaurant qu'il aimait bien. Le lieu se trouvait dans son quartier, la Baixa, et s'appelait Peixe Vermelho, le Poisson rouge. Il n'avait pas besoin de métro, ni de taxi. La marche lui faisait du bien, mais cela lui permettait surtout de voir s'il était suivi.

Quelques personnes se promenaient en même temps que lui et ne se pressaient pas pour le dépasser. Il ne put remarquer que des silhouettes dans le clair-obscur sans être sûr de rien. Comme il avait ses habitudes au Poisson rouge, une table l'attendait dans un coin où il pouvait voir tous les clients qui entraient pour s'attabler. Il mangea un plat qu'on appelait « Bacalhau com Natas », un repas de morue à la crème. Le mets cuit au four incluait entre autres des pommes de terre, du lait et du fromage râpé. Il arrosa son repas d'un vinho verde de grande qualité. Ensuite, le prince se mit en route, non sans laisser un bon pourboire et saluer les serveurs. Il boutonna son manteau gris en laine jusqu'au cou. Le froid humide de l'hiver lisboète pénétrait jusqu'aux os. Il savait que dès le mois prochain, ce froid serait moribond et que la floraison des amandiers et du jasmin débuterait sans attendre. Cela dit, on n'y était pas encore.

Ses pas sur les pavés blancs et lustrés de la ville faisaient un bruit distinct. Il entendit d'autres pas dissonants. Le temps de se tourner, un homme aux yeux cachés par de grosses lunettes sombres l'accosta. Il portait un feutre noir et un manteau de la même couleur. Son portugais, clair, gardait un accent que Prince Antonio qualifia de slave.

— Son Altesse voudrait-elle m'accorder quelques minutes de son temps ?

L'approche semblait courtoise, mais Prince Antonio savait qu'il fallait rester sur ses gardes.

— À qui ai-je l'honneur ?

Les passants continuaient leur chemin dans la ruelle éclairée menant vers son appartement. L'Angolais, muni de ses gants en cuir et de sa canne à pommeau blanc, ralentit à peine. Il ne voulait pas s'arrêter pour un inconnu.

— Je m'excuse. Je m'appelle Stan Patak et je suis envoyé par des amis qui vous veulent du bien.

L'Africain sourit et attendit la suite.

— Voyez-vous, en ces temps difficiles, nous nous inquiétons pour l'avenir de l'humanité. Surtout pour les peuples opprimés d'Afrique, comme le vôtre sous colonisation portugaise. Tout peuple a droit à sa liberté, n'est-ce pas ? Mes amis s'opposent à l'exploitation de l'homme par l'homme. Vous voyez ce que je veux dire ?

— Monsieur Patak, vous m'abordez dans la rue pour me parler d'amis à vous ? Je ne suis pas intéressé par eux. Dites-leur que je n'ai rien à vendre.

Le mystérieux personnage ricana, pas du tout découragé par la réponse du prince. Il enleva ses lunettes, peut-être pour tenter de paraître plus honnête. Ses yeux gris délavés donnèrent la chair de poule à Prince Antonio.

— Je comprends votre réticence. Pourquoi risqueriez-vous de parler à un étranger qui vous accoste dans une ruelle de Lisbonne à la tombée du jour ? Moi aussi, je serais réticent si j'étais à votre place.

Puis il prit le ton de la confidence, yeux dans les yeux.

— Mes amis ont pour but de libérer tous les peuples opprimés et vous invitent à devenir un chef de file pour l'avenir du peuple angolais.

— Je crois que vous vous trompez de personne. Je ne mange pas de ce pain-là. En tant que prince héritier du trône des Kongos, je retournerai un jour chez moi et dirigerai mon peuple, comme mon père le fait en ce moment. Ni plus ni moins.

Son interlocuteur, condescendant, continua :

— Il est vrai que mes amis voient la monarchie comme un obstacle dans l'épanouissement des peuples ; cela dit, ils sont prêts à faire des concessions sur ce point, vu votre habileté à pénétrer dans les hautes sphères du pouvoir portugais et à traverser les frontières sans une égratignure.

Le Slave regarda derrière lui, ce qui força Prince Antonio à en faire autant. Ils ne virent que des parents et leurs enfants rentrant au chaud pour une bonne nuit de sommeil.

— Vous êtes suivi, Votre Altesse, et je ne parle pas de moi. Dans notre jargon, vous êtes une « source » potentielle.

Il constata que Prince Antonio secouait la tête, refusant cette appellation.

— Ou si vous ne voulez pas de ça, vous pouvez être un *asset* comme disent les Anglais. Quelqu'un qui aide sans faire partie d'un groupe en particulier. Après tout, qui peut être contre la liberté des peuples à disposer d'eux-mêmes ? Personne.

Le prince profita d'une ruelle mal éclairée pour empoigner l'individu et le coller contre un mur. Il prit sa canne et d'un mouvement rapide du poignet, sortit une lame effilée de son bout. Elle faisait 10 centimètres environ.

— Je vais te laisser partir vivant pour que tu ailles dire à tes amis que la religion n'est pas l'opium du peuple. Mais j'ai envie de te laisser un souvenir sur ce cou pâle et mal rasé.

L'étranger ne pouvait pas bouger, coincé par la force brute et imposante du jeune héritier. Ses yeux effrayés fixaient la lame qui lâchait des lueurs vives malgré la demi-obscurité. Sa pomme d'Adam remonta et descendit à deux, puis trois reprises avant qu'il ne supplie.

— Pardonnez-moi, Votre Altesse. Je ne vous embêterai plus.

L'Angolais, qui le dépassait d'une tête, le dévisagea avec mépris et rangea la lame dans l'étui de la canne d'un mouvement rapide du poignet.

L'espion déguerpit sans attendre son reste. Il se tournait de temps en temps pour s'assurer que l'Africain ne le suivait pas.

Prince Antonio comprit qu'il s'agissait d'un espion du NKVD, l'agence d'espionnage et de répression de l'Union soviétique. Il n'allait jamais collaborer avec ces communistes. Le pacte germano-soviétique de non-agression signé en 1939, qui vola en éclat avec l'invasion allemande en juin 1941, était révélateur de la lâcheté de Staline. De toute façon, Prince Antonio n'était pas communiste. Il connaissait le destin que Lénine avait réservé à la noblesse russe et il ne comptait pas s'allier avec des coupeurs de têtes d'aristocrates.

Il reprit son chemin vers son domicile, appréhendant une autre mauvaise rencontre. Toutefois, ce ne fut pas le cas et il put rejoindre son appartement sans autre incident.

# Jenny et les photos du major Baumeister

ANGÈLE ALLA se repoudrer le nez dans la salle de bain en attendant que son amant franchisse la porte de son appartement du 6e arrondissement. D'habitude, le major Baumeister préférait la rencontrer dans son lieu de résidence, rue Dufrenoy. Cependant, elle lui avait promis de se montrer particulièrement effrontée s'il acceptait de passer quelques heures chez elle. Cela avait été suffisant pour le convaincre. Il allait apporter quelques « jouets » avec lui pour épicer la partie de jambes en l'air.

Il arriva en début de soirée. Paris était enveloppé d'un brouillard frigide et la tour Eiffel dormait dans la pénombre pour éviter d'être le point de référence d'avions de guerre venus de Londres.

Le major déposa deux bouteilles de champagne sur la table de la petite salle à manger d'Angèle, puis alla verrouiller la porte d'entrée. L'Alsacienne avait décoré l'intérieur de chez elle de façon sobre. Elle n'y passait pas beaucoup de temps. Elle tint quand même à rendre l'endroit plus intime pour l'occasion. Des tissus diaphanes jaune clair couvraient les faibles lumières de l'appartement. Elle s'était même donné la peine d'éparpiller quelques pétales de rose sur le lit pour ajouter une touche féminine à ce rendez-vous d'amants. Des bougies ici et là permettaient à Baumeister d'allumer un cigare qu'il n'avait pas l'intention de terminer.

Angèle fit la danse du ventre dans ses sous-vêtements transparents comme préambule. Un gramophone, acheté au marché aux puces, jouait un disque oriental dans le coin de la pièce. Le son chuintait quelque peu, mais l'Allemand se concentrait sur les mouvements giratoires du bassin de son amante. Il aimait la voir se déhancher en savourant un Moët & Chandon confisqué à un vendeur sur le marché noir. Elle suivait le rythme et lui lançait des regards langoureux. La gestuelle lui mit l'eau à la bouche et il déboutonna son uniforme rapidement. Des menottes et une cravache tombèrent de ses poches de pantalon. Le major fit comme s'il découvrait ces objets pour la première fois et rit, la tête déjà pétillante du champagne qui irriguait son cerveau.

Il sauta sur le lit, nu comme un ver, et déposa un long baiser sur les lèvres charnues d'Angèle. Quand il voulut l'immobiliser pour lui mettre les menottes, elle fit signe d'attendre. Il fallait qu'elle aille au petit coin. L'homme haussa les épaules et alla dans la salle à manger récupérer une autre bouteille de champagne. Il se servit une nouvelle coupe. L'Alsacienne alla aux toilettes, attendit quelques minutes que l'officier retrouve leur lit, puis en sortant, déverrouilla la porte d'entrée et revint se coucher. Son amant jubilait d'anticipation.

Jenny, dans un café, avait vu l'officier allemand sortir de sa Mercedes conduite par un chauffeur et s'engouffrer dans l'immeuble d'Angèle. Elle finit sa tasse de thé pour laisser le temps au couple de se mettre à l'aise. Le chauffeur de Baumeister, Hermann, ne resta pas et elle vit disparaître les feux arrière de la Mercedes avec satisfaction. Jenny savait qu'il reviendrait chercher son patron et se promit de sortir de l'immeuble avant qu'il ne vienne se pointer devant chez Angèle. Elle vérifia une dernière fois qu'elle possédait le Leica avec son objectif rétractable dans son sac en bandoulière. Pour l'occasion, elle s'était vêtue d'une blouse noire à col large et d'un pantalon bleu nuit dont la taille haute mettait sa silhouette en valeur. Les jambes du vêtement étaient larges, pour courir si nécessaire. Elle chaussait des souliers souples de danseur de tango dont elle avait feutré les talons plats d'une couche fine de velours. Il ne neigeait pas. Son manteau en tweed, noir également, dépassait à peine ses genoux. Pour couvre-chef, la Chinoise avait opté pour une casquette sombre bouffante à la Gavroche.

Elle baissa la visière de sa casquette et entra dans l'immeuble. Jenny monta dans l'obscurité et ne rencontra pas une âme. Une fois devant la porte d'Angèle, elle conclut que ses souliers faisaient toujours un peu trop de bruit à son goût. La Chinoise entra et laissa ses chaussures souples juste à côté de la porte. Elle entendit la grosse voix du major qui ordonnait à son amante d'obtempérer. Mais à quoi devait-elle obéir ? Quelques pas dans l'appartement lui permirent de comprendre que le jeu consistait à lui baiser les orteils. Ce qu'elle fit après un petit coup de cravache sur le derrière. Jenny sortit l'appareil et tourna l'objectif afin de le bloquer en position. Elle se souvint des avertissements de son copain : « Assure-toi que l'objectif est fixe, sinon tes photos seront floues. » La musique orientale couvrit le déclic de l'appareil.

Elle rampa jusqu'à la porte de la chambre, à moitié ouverte. Le lit d'Angèle était contre le mur le plus éloigné de la porte. Le major tournait le dos à l'entrée. Jenny, en s'étirant légèrement, toujours près du sol, le voyait presque de profil. Son estomac protubérant, qu'il cachait si bien dans ses tenues de militaire, était le résultat de ses fréquentes libations dans les brasseries de Paris. Jenny entendit la musique et profita d'un roulement de tambour pour appuyer sur le bouton de déclenchement. Encore et encore. Elle voyait dans sa petite fenêtre son érection et sa tête de dominateur, cravache en main. La silhouette du derrière d'Angélique restait quelque peu dans la pénombre.

L'officier reprocha à sa maîtresse de faire les yeux doux à tous les clients du Sphinx. Un chapelet d'injures suivit ces accusations. Menottée, la femme admit qu'elle aimait tous les hommes, qu'elle était insatiable. Cet aveu le fit jurer en allemand. Il tira sur les menottes en espérant forcer son amante à demander pardon. Au contraire, elle rit et haussa les épaules. Ces mouvements firent trembler sa chair de femme sous la lumière jaunâtre des lieux. Toute cette rébellion augmenta l'excitation du major. Jenny prit une autre photo, au moment où sa cravache mordit les fesses d'Angèle, légèrement plus fort que la première fois. Il frappa à nouveau. Elle lui demanda pardon et baisa ses pieds, puis ses genoux, le haut des cuisses et enfin, entre ses jambes. La Chinoise eut une autre photo, avec le major debout, les yeux fermés, près de l'extase et transpirant à grosses gouttes. Il avait tourné la tête vers l'objectif, inconsciemment. Baumeister poussa subitement son amante sur le lit et elle s'étendit, les mains liées au-dessus de sa tête. Le nazi détacha une main des menottes pour verrouiller l'anneau au panneau de chevet du lit. Ainsi, Angèle pouvait le caresser pendant la fornication. L'homme descendit du lit et Jenny rampa vers l'arrière instinctivement. Le major contourna le lit et remonta dessus. Il se mit plus près de l'objectif sans savoir. Pris dans la passion du moment, il ne s'imaginait pas une seconde qu'une femme à plat ventre, dans la pénombre, l'objectif levé, le visait dans l'entrebâillement de la porte. La Chinoise attendit que l'émotion le submerge pour appuyer une fois de plus sur le bouton de la Leica.

Satisfaite de ses clichés, elle recula lentement, toujours sur son ventre. Ce n'était pas facile parce qu'elle avait l'appareil dans une main et que le couple prenait une pause en silence. Un sentiment de panique la figea quelques secondes quand le major voulut se lever pour se servir encore du champagne. Angèle le retint et proposa de le servir pendant qu'il récupérait son énergie, « comme un roi », ajouta-t-elle. Le nazi détacha alors son amante qui, les menottes se balançant à un poignet, passa à côté de Jenny sans la regarder. Il faisait noir et la Chinoise, immobile comme un chat, ne leva pas la tête. L'amante apporta l'autre bouteille et lui servit une grande coupe de champagne, le sourire aux lèvres. Jenny remarqua les fesses rougeâtres de l'Alsacienne et n'envia pas son sort.

Tout ce champagne donna envie au militaire d'aller aux toilettes. Jenny marchait sur la pointe des pieds vers la porte. En entendant Baumeister se lever, elle se glissa rapidement derrière le porte-manteau à l'entrée. Il y avait plusieurs vêtements d'hiver, y compris le manteau épais du nazi qui sentait le cigare. Le major entra aux toilettes sans rien remarquer. Jenny retint son souffle à son passage.

Pendant qu'il vidait sa vessie, la Chinoise quitta le camouflage des manteaux et passa la porte principale comme une ombre. Elle prit ses chaussures souples en main et descendit les escaliers sans le moindre bruit. Sur le chemin de la chambre, le nazi remarqua que la porte principale n'était pas verrouillée. Il se trouva imprudent. Comment avait-il pu oublier de fermer à clé ? Non, il se souvint vaguement qu'il avait verrouillé plus tôt. Le champagne lui fit douter de ses gestes. L'avait-il fait ? Il vérifia derrière les manteaux, puis jeta un coup d'œil au petit salon. Rien. Personne ne s'y trouvait. Satisfait, le nazi verrouilla comme il faut et retourna tout nu retrouver Angèle, prête à le servir.

Il passa à une seconde séance incluant d'autres injures, d'autres menaces et d'autres coups de cravache. Une heure plus tard, Baumeister sortit de l'immeuble et s'installa dans sa Mercedes pendant qu'Hermann lui tenait la portière du véhicule.

## Suzy s'inquiète pour sa patronne

JEAN DE Dieu se trouvait chez Armando avec Nadège, Suzy et son petit garçon. La mère du bébé s'inquiétait pour sa patronne. Le traducteur du prince avait admis que Pierrette n'était pas revenue à son domicile.

D'après l'Africain, elle se trouvait à la prison de Fresnes pour avoir violé la loi sur les statuts des Juifs. Un de ses informateurs le lui avait confirmé.

Ces nouvelles déprimèrent Suzy qui se sentait coupable de tous les malheurs de Pierrette. Jean de Dieu tenta de la rassurer en lui disant que sa patronne allait être libérée bientôt. Nadège, souriante et affable, tenta de divertir tout le monde avec des petits gâteaux faits maison.

— Allez, tout ira bien, dit-elle. Vous êtes en sécurité, ici. Rodolfo aussi.

La jeune femme fit des guili-guili au poupin qui répondit par un grand sourire.

— Merci, admit Suzy, gênée de se plaindre alors qu'elle aurait sûrement été internée avec son enfant, sans ses nouveaux amis.

— Je ne sais pas où je serais sans vous, finit-elle par admettre.

L'Africain savait que Pierrette avait parlé au nazi. Une femme dans la cinquantaine face à la Gestapo ne pouvait tenir vingt-quatre heures. Peut-être sept ou huit heures, si elle était courageuse. Les résistants les plus déterminés craquaient en deux ou trois jours ou mouraient d'épuisement et des sévices subis. Ceux qui tenaient une semaine ou plus se comptaient sur les doigts d'une main.

Mais que savait-elle? Elle connaissait l'adresse de Suzy et son nom de famille, ainsi que sa relation avec Prince Antonio. Jean de Dieu conclut que le nazi espérait qu'un indicateur se manifeste pour dénoncer la Juive et sauver Pierrette. Il allait agir avant que cela ne se produise.

# La revanche du traducteur

JEAN DE Dieu avait réussi à obtenir à nouveau les services de Philippe, le beau-frère de Matty. Le menuisier, en échange de 200 francs, devait livrer une lettre urgente adressée au major F. Baumeister à l'Hôtel Majestic. Pour s'assurer de paraître crédible, Armando avait emprunté l'uniforme de son ami, le postier qui était dans la Résistance. Les habits étaient un peu serrés à cause du gabarit imposant de Philippe. Cela ne l'empêcha pas de se présenter à l'hôtel pour sa livraison.

Il passa une poignée de soldats, mitraillettes à la hanche, sous trois immenses bannières rouge et blanc à grande croix gammée chacune. Le menuisier montra sa fausse carte d'agent de la poste. C'était celle du facteur avec sa photo par-dessus et un faux nom. Le militaire le fouilla, puis le laissa passer sans faire trop attention au document. Il en voyait tous les jours et à première vue, tout était en règle. À l'intérieur, un grand guichet de tri sur une estrade attendait tout visiteur. Il fourmillait de soldats et d'officiers qui vaquaient à leurs occupations. Certains discutaient âprement devant un plan de la ville, d'autres prenaient l'ascenseur et quelques-uns en descendaient. On entendait le claquement de machines à écrire dans les pièces entourant le guichet vitré, au centre.

Le soldat allemand leva les yeux et attendit que le pseudo-facteur parle.

— Courrier urgent.

Le militaire fit signe de passer la lettre à travers l'ouverture au bas de la vitre. Il lut le nom du destinataire et vit le tampon « urgent ». L'Allemand empoigna immédiatement le combiné du téléphone et composa le numéro du bureau de Baumeister. Philippe attendit que le garde signe un document attestant la réception de la lettre. Une fois la communication terminée, le soldat parapha le papier et Philippe sortit de l'hôtel en luttant contre l'envie de courir. Son cœur battait la chamade, toutefois il cachait bien ses émotions.

Une fois sorti de ce panier de crabes, il mit son sac en bandoulière sur l'épaule droite et Hans qui l'observait de loin put téléphoner dans un bureau de poste au domicile d'Armando pour dire dans un jargon bien à eux que la mission était accomplie.

Magda descendit du troisième étage pour récupérer le courrier marqué « urgent ». Elle échangea un sourire avec le jeune réceptionniste qui lui faisait du charme. Peut-être qu'elle accepterait de prendre un pot avec lui dans quelques jours. « Pauvre elle, songea Magda, être à Paris, une ville si romantique et ne pas en profiter. » Le major la faisait travailler comme un bœuf. Elle ne devait pas se plaindre, conclut la secrétaire. Son souffre-douleur, ce n'était pas elle, mais le lieutenant Betz. Si Magda avait été à sa place, il y a longtemps qu'elle aurait demandé un transfert.

D'ailleurs, Lukas Betz se trouvait dans le bureau de son chef. Il subissait l'ire du major pour avoir trouvé l'appartement de Suzy vide de tout papier d'identité. Ses photos étaient calcinées au milieu des cendres de charbon de son petit foyer. La secrétaire écoutait aux portes et se délectait de savoir qu'il y avait plus malheureux qu'elle.

Magda déposa la missive sur son bureau. Ces lettres dites « urgentes » provenaient souvent de délateurs affamés qui accusaient des voisins ou des membres de leur famille pour une bouchée de pain. Ces gens ignoraient que le major ne s'occupait pas de petits malfrats, du « menu fretin » comme il aimait dire. Les voleurs de tickets de rationnement, les porteurs de fausses cartes d'anciens combattants ne l'intéressaient guère. Magda se doutait que ce courrier finirait entre les mains de subalternes au premier étage où elle avait aussi quelques admirateurs.

Elle ouvrit l'enveloppe d'un air distrait. Son besoin de romance lui nouait la gorge. Elle n'avait pas choisi une carrière militaire pour vivre dans l'abstinence. Son désir d'intimité la fit soupirer de lassitude.

Le choc de la première photo chassa tout de suite ce sentiment de femme ardente. Elle reconnut le major, la cravache en main et tout nu. Elle retourna la photo immédiatement, son visage s'empourpra aussitôt de frayeur. Cependant, ce n'était que le début. Il y avait trois autres photos juste sous ses yeux. Baumeister, les yeux clos, se délectant d'une fellation. Puis encore une autre et une autre. L'identité du major ne faisait pas de doute. En revanche, la compagne restait dans l'ombre. Il y avait un mot dans l'enveloppe. Après avoir retourné toutes les photos pour éviter des yeux indiscrets, Magda lut le message tapé à la machine :

*Major, nous comptons envoyer ces belles photos aux médias collaborationnistes comme « Je suis partout » et « Paris-Soir » ainsi qu'aux résistants parisiens qui, sans aucun doute, placarderont ces images dans tout Paris. Libérez Pierrette, la propriétaire du salon de coiffure immédiatement. Autrement, votre humiliation sera totale.*

Elle rangea les photos, affolée. Que fallait-il faire ? Donner ces images au major en main propre ? Il lui ferait subir sa colère de tyran. Or, elle n'y était pour rien. Il fallait qu'une autre personne, un homme, mette ces images sous ses yeux. À ce moment précis, le lieutenant Betz sortit du bureau de son patron, excédé. Voilà une occasion de se débarrasser d'une patate chaude, se dit Magda.

— Lieutenant Betz ?

Il se tourna et plissa les yeux. Il s'apprêtait à l'envoyer sur les roses. Une secrétaire devait savoir quand s'adresser aux officiers. Ce n'était pas le moment. Toutefois, il vit son air pâle et entendit ses balbutiements. Cette jeune femme, toujours sûre d'elle-même, devait avoir subi un choc. Il changea de disposition.

— Que se passe-t-il, Magda ?

Elle lui tendit l'enveloppe, les yeux baissés.

— Je ne sais pas quoi en faire.

Le jeune officier crut qu'il s'agissait d'une lettre d'un amoureux éconduit de Magda. À la vue de la première photo, ses yeux faillirent sortir de leurs orbites. Il cligna des paupières, incertain de croire ce qu'il voyait. Le lieutenant jeta un coup d'œil à Magda qui gardait le regard vers le sol, embarrassée. Après avoir lu le message, il prit une grande respiration.

— D'accord, dit-il. Je m'en charge.

— Merci, répondit-elle.

Elle alla s'asseoir derrière sa machine à écrire, pour une fois heureuse qu'elle soit gigantesque. Elle pouvait baisser la tête et éviter les yeux du lieutenant.

— Magda ?

« Que me veut-il, encore ? »

— Oui, Lieutenant Betz ?

— Comment avez-vous obtenu cette lettre ?

— Le facteur l'a apportée. J'ai reçu un appel de la réception et je suis descendue.

— Combien de gens ont vu ces photos ?

— Vous et moi, mon Lieutenant.

Sa voix basse permit au jeune officier de conclure qu'elle comprenait l'importance de ne rien propager. Il consulta à nouveau les images avec intensité. La secrétaire pouvait le voir du coin de l'œil et s'interrogeait sur cette curiosité malsaine. Lukas Betz en choisit une, la plus crue, et la rangea dans sa poche de pantalon. Magda ne comprit rien de ce manège. Qu'allait-il faire avec cette photo ? S'agissait-il d'un pervers ? La rumeur sur lui disant qu'il en était un pouvait-elle être vraie ? De toute façon, il ne s'était jamais intéressé à elle et pourtant, elle forçait le regard de bien des hommes. Un jour, le major avait même passé sa main sur ses fesses en la rassurant : « Ne vous en faites pas, Magda, Lukas Betz est inoffensif. »

Le lieutenant cogna à la porte de son patron.

— Entrez !

Baumeister leva la tête et constata qu'il s'agissait de son subalterne.

— Ha. C'est vous.

Betz ne fit pas le salut hitlérien et Baumeister s'inquiéta immédiatement. Quelque chose clochait. D'habitude, ce jeune homme ne ratait pas une occasion. Pourquoi ce changement d'attitude ?

— Il y a un problème ?

Le lieutenant, sérieux comme un pape, déposa l'enveloppe sur le bureau juste en face du major qui jeta un coup d'œil, plein de méfiance. Même la façon de poser l'enveloppe était nouvelle. Le geste semblait empreint d'audace, même d'agacement.

— C'est quoi, ce courrier?

Le jeune homme restait muet et fixait le mur derrière son patron.

— Je ne peux vous dire, Major. Il faut que vous regardiez vous-même.

Le nazi, impatient, prit l'enveloppe et vida son contenu sur sa table. Le message tomba en premier. Il lut rapidement. Images? Journaux? Mais que se passe-t-il? Son pouls s'accéléra en sortant les photos. Il en restait trois. Trois images qui firent l'effet d'une bombe dans sa tête. Il lâcha un juron et recula son siège comme si ces photos allaient prendre feu et lui brûler le visage.

— Qui vous a donné ça?

La voix grave, le regard meurtrier, Baumeister fixait Betz, les deux poings serrés sur sa table de travail. Il y avait ses trois dossiers empilés. La pile jaune à l'extrême gauche à vérifier, la pile brune pour les cas prometteurs et la rouge sur les arrestations et les résultats des personnes interrogées. Cependant, il ne les voyait plus.

— Le facteur. Magda est allée récupérer le courrier au rez-de-chaussée.

— Qui a ouvert l'enveloppe?

Là, pour protéger la jeune femme, il mentit.

— C'est moi. Magda me l'a donnée. Comme c'était marqué «urgent», elle me l'a confiée.

«Tiens, tiens, l'homme de bonne famille essaye de protéger la jeune femme en détresse. Mensonge pathétique», pensa le major.

— Bien sûr. Pas d'adresse de l'expéditeur, nota Baumeister.

Le commentaire n'échappa pas à Betz. Le major essayait de gagner du temps. Il voulait savoir s'il pouvait compter sur sa discrétion. Le jeune homme décida de prendre les devants.

— Vous pouvez compter sur mon silence, Major. Je suis à votre service et ma loyauté envers vous n'a pas de limite.

Il fit finalement le salut hitlérien et claqua des talons, le regard dans le vide.

« Comme il est stupide. Plus bête que je pensais. À sa place, je courrais au bureau du général Von Bose. »

— Très bien, Lieutenant. Je dois admettre que je vous ai sous-estimé. Vous êtes de la trempe des guerriers aryens qui mettent l'honneur de l'Allemagne au-dessus de considérations triviales.

Le jeune homme resta dans sa position figée, le bras levé, comme un Apollon de la Rome antique.

— Sachez quand même que pour l'honneur du Troisième Reich, cette lettre mérite ma considération.

Le major lui indiqua de baisser le bras et de prendre le siège en face de lui. Pendant ce temps, il relut la lettre en silence. Chaque image sous ses yeux était un coup de marteau sur ses tempes. Il voulait assassiner ce maître-chanteur. Ses mains tremblaient de rage et il s'essuya le front. Son monocle glissa sous l'humidité de son visage. Sa décision fendit le silence mortuaire comme un couperet.

— Libérez Pierrette.

— Major, si vous permettez, on peut démasquer le coupable. Si nous activons tous nos informateurs parisiens, on retrouvera la source de l'envoi en moins de vingt-quatre heures, avant la sortie des prochains journaux.

— Libérez-la, répéta-t-il, avec un calme inhabituel.

Betz insista, d'une voix plus basse, presque murmurée.

— Le facteur, Major. On peut le retrouver en contactant le bureau de poste central.

Le tortionnaire devint rouge de colère et cria.

— Vous pensez vraiment qu'il s'agissait d'un vrai facteur ? Regardez le tampon sur le timbre, c'est un faux. La date a été trafiquée.

Voyant la mine ahurie de son lieutenant, le major insista.

— Oui, Lieutenant Betz. Un imposteur est entré à l'Hôtel Majestic et a trompé la vigilance des gardes. Maintenant, allez libérer la Française. Présentez-lui des excuses en mon nom et ramenez-la dans ma Mercedes avec chauffeur. Erreur bureaucratique qui ne se reproduira plus. L'affaire est close. Dépêchez-vous.

Betz tint à saluer à nouveau et Baumeister serra les poings pour ne pas lui crier d'arrêter ses simagrées. Mais il réussit à se retenir et le jeune homme quitta son bureau, direction la prison de Fresnes.

Le major sortit après lui pour demander un café à Magda. La jeune femme paraissait avoir perdu quelques centimètres. Il arrivait difficilement à voir sa tête derrière la machine à écrire.

— Tout de suite, Major.

# Angèle dans de beaux draps

La prostituée fut convoquée le soir même dans l'appartement du major. La Mercedes du nazi avec chauffeur l'attendait en bas de son immeuble. Le véhicule ressemblait pour la première fois à un corbillard transportant un macchabée. Comment allait-elle se sortir de ce guêpier avec un tortionnaire professionnel? Cette Jenny l'avait bien payée, même un peu trop. Angèle ne comptait pas la trahir. Il ne s'agissait pas d'héroïsme. Elle savait que le moindre aveu signait sa propre fin. Elle couchait depuis assez longtemps avec Baumeister pour être convaincue de son cœur froid, sans remords ni empathie. Il n'était heureux que quand il faisait du mal.

Elle se ressaisit dans la cage d'escalier la menant chez le major. Un peu de poudre sur le nez, une nouvelle couche de rouge à lèvres et un nuage de ce parfum Bambou de Weil qu'il adorait.

Le major avait gardé l'uniforme et toutes les pièces de l'appartement semblaient éclairées. Pas de place pour la romance. Il sourit à peine, lui fit une bise protocolaire puisqu'elle lui tendait la joue, indiqua un fauteuil en face du divan. Ensuite, il la dévisagea comme un prédateur, cigare à la main.

— Tu m'as eu, hein. Allez, dis-moi la vérité.

« Aucun préambule ? C'est grave. »

— Mais de quoi parles-tu ?

Angèle fit comme si elle tombait des nues. Elle était bonne actrice. Très bonne. Pour vendre son corps, il fallait savoir prétendre. Elle feignait l'ahurissement.

Il lui expliqua ce qu'il avait trouvé dans son courrier, au bureau. Elle fit la scandalisée. L'Alsacienne écarquilla les yeux, ouvrit la bouche, médusée. Puis elle se dit outrée, même très offusquée qu'il songe un seul instant qu'elle ait pu participer à un scénario d'aussi mauvais goût. Elle avait déjà dit « mon amour » trois fois depuis qu'elle lui parlait et ses yeux s'emplissaient de larmes qu'elle essuyait avant qu'il ne gâche son maquillage.

La situation n'était pas à l'avantage de Baumeister. Le professionnel de l'interrogatoire savait qu'il ne pouvait la questionner dans un environnement approprié. Or, la mise en scène est très importante pour obtenir des aveux. Le sous-sol de son travail, dans la cellule C-4, aurait fait l'affaire. Angèle aurait avoué rapidement.

Cependant, la belle-de-nuit ne pouvait être vue au Majestic ni même à n'importe quel autre bureau de la Gestapo. S'afficher avec elle dans des restaurants et des salles de spectacle était toléré. Mais qu'une femme de compagnie passe au statut de suspecte lui aurait valu une convocation au bureau du général Von Bose. Sa réputation de tortionnaire sans faille aurait volé en éclats. Il s'imaginait déjà les rumeurs. Baumeister s'est fait avoir par une prostituée. Elle l'a roulé dans la farine.

— La porte principale n'était plus verrouillée quand je suis allé aux toilettes. C'est toi qui l'as ouverte ?

Elle nia à nouveau et secoua la tête, déçue par ses soupçons à son égard.

— Ressaisis-toi, mon cœur. Je suis Angèle, celle qui t'aime. Et tu oublies une chose, moi aussi, je suis victime. Tu penses que c'est à cause de mon métier que je me fous d'être prise en photo à mon insu ? Comme tu me connais mal. J'ai aussi ma fierté.

Elle était passée à l'attaque. Son arsenal tenait la route et cette voix de femme blessée méritait des applaudissements. L'Alsacienne savait qu'elle jouait gros. Sûrement sa vie. Elle réalisa que les yeux du major tentaient de pénétrer sa comédie. Or, dans cet appartement, elle ne paniquait pas. Derrière eux se trouvait la table à manger qui avait déjà servi à des ébats ludiques. Plus loin, la chambre et son lit à baldaquin qui grinçait sous les coups de rein du major. Non, le lieu du plaisir ne pouvait être le lieu de l'aveu.

— Tu n'es pas la victime. C'est moi qu'on vise. Sais-tu ce que c'est une « Tante Minnie » ?

— Non, je n'en ai aucune idée.

— C'est une photo prise par un professionnel qui ne montre que les éléments intéressant le renseignement. On laisse la personne au premier plan dans le flou. Dans ces photos, c'est toi la « Tante Minnie ». On t'a épargnée. Voilà pourquoi je sais que tu es dans le coup.

Il avait abattu sa carte-maîtresse, mais Angèle ne se démonta pas pour autant. Il s'agissait de sa vie et elle ne comptait pas laisser sortir de sa bouche le moindre aveu. Elle se jeta à ses pieds, la voix brisée et colla sa poitrine sur ses genoux.

— Mon amour, si tu penses que c'est moi, il vaut mieux mourir. Fais de moi ce que tu veux.

Il la repoussa et elle tomba sur ses fesses. Sa robe se releva et il vit ses sous-vêtements. Angèle revint à quatre pattes et s'agrippa à son pantalon, dans une scène digne d'un prix de meilleure actrice.

— Je t'aime et tu le sais, mon cœur! Je suis prête à mourir pour toi.

Elle joignit ses mains et cria :

— Mets-moi les menottes et emmène-moi en prison! Je serai ta prisonnière, si tu veux! Je serai tout ce que tu souhaites que je sois, mon sucre d'orge! Je suis innocente; je ferai ce que tu souhaites, mon chéri.

Il tenta de lui faire lâcher le bas de son uniforme, mais elle serra plus fort. Ses cris et ses pleurs commençaient à l'inquiéter. Il ne fallait pas créer un scandale dans cet immeuble de bourgeois, sinon il aurait à s'expliquer à un administrateur allemand qui vivait au même étage.

— D'accord, dit-il, je te crois. Relève-toi!

Elle prit son temps et renifla plusieurs fois pour montrer son profond chagrin. Angèle, debout, referma le haut de sa robe qui révélait son corsage et sa poitrine volumineuse. Le major ne la regardait même pas. Il tournait dans son salon comme un lion en cage. L'Alsacienne s'approcha et lui mit la main entre ses jambes.

— Ne me touche pas! Sale...

Il ne put finir son insulte, se rappelant qu'il fallait baisser le ton, qu'il devait rester discret.

Angèle recula, vexée. Sans ajouter un mot, elle prit son sac et se dirigea vers la sortie. Il la rattrapa et agrippa ses cheveux pour murmurer dans son oreille.

— Je sais que tu m'as trahi, mais je ne peux le prouver. Du moins, pas encore. Quand je le ferai, tu seras une femme morte!

Elle ne se retourna pas. Les mots du major l'avaient convaincue qu'elle devait mettre une certaine distance entre le nazi et elle.

Il faudrait attendre quelque temps avant que Jenny ne lui présente le général nazi qui l'emmènerait au Ritz et au

Maxim's. Baumeister serait peut-être muté dans quelques mois, ou écroué ou même mort. Qui sait ce que le destin réservait à des hommes comme lui ? Alors elle serait patiente et se ferait discrète pendant plusieurs semaines, même plusieurs mois. Les gens du Sphinx comprendraient. En ces temps de guerre, les filles viennent et partent, puis reviennent.

Dehors, Angèle passa devant la Mercedes et le chauffeur du major. Elle tint à fixer Hermann d'un regard vainqueur. Après tout, elle venait de survivre à un tortionnaire.

## Le Lieutenant Lukas Betz a ses limites

Les collègues du lieutenant Betz lui disaient régulièrement qu'un rendez-vous avec un général faisait ou défaisait une carrière. Il rumina pendant une heure ou deux, ensuite sa décision fut prise. Il devait dénoncer le major. Baumeister se moquait de lui à mots à peine voilés parce qu'il n'avait pas connu le champ de bataille. Les railleries et les sous-entendus avaient commencé dès sa prise de fonction comme son bras droit. De plus, Betz subissait son homophobie alors qu'il ne s'était jamais déclaré homosexuel. Sa vie privée ne regardait que lui après tout. Cela n'empêchait pas le major de lui parler de ses « yeux de biche » qui rataient des indices. Le lieutenant savait que s'il n'avait pas été le fils d'un industriel haut placé, il y a longtemps que Baumeister l'aurait envoyé se battre sur le front de l'Est en espérant qu'il y crève. Non, cet homme était dangereux et lui, Lukas Betz, s'occuperait de plomber sa carrière pour une affaire de mœurs. Une telle occasion ne se présenterait pas deux fois.

Le lieutenant se trouvait dans le bureau du général Erich Von Bose, l'homme aux yeux bleu acier qui avait gagné ses plus hauts galons en Pologne. D'ailleurs, une stratégie de défense tactique portait son nom : la défense Von Bose contre les chars ennemis. Oui, ce général-là. On lui destinait un grand avenir. La rumeur disait qu'Hitler lui réservait un fauteuil à ses côtés à chacune de ses visites dans les Alpes bavaroises. Il faisait partie des officiers reçus dans le « nid d'aigle », endroit où le Führer recevait ses proches, au sommet d'une montagne rocheuse en Bavière.

Von Bose se montra aimable et lui offrit le café. Sa secrétaire, contrairement à Magda, était plantureuse et bien plus âgée. Il obtint ce rendez-vous de cinq minutes en évoquant le nom de son père, l'industriel Klaus Betz, financier du Parti social-démocrate de longue date.

Quand il s'adressa à elle, la secrétaire comprit immédiatement qu'elle devait en parler à Erich Von Bose. Ce jeune homme qui sautait les capitaines, commandants, colonels et s'adressait directement au général devait avoir une raison d'État ou alors il était fou. Dans un cas ou dans un autre, il fallait mentionner sa requête à Von Bose.

Le général but assis une gorgée de sa tasse et la déposa dans une soucoupe sur son grand bureau en noyer. Le lieutenant, debout, consomma la sienne d'un trait et faillit se brûler la gorge. Il tint à la vider par politesse et surtout pour déposer la tasse avant que son supérieur ne remarque qu'il tremblait.

— Je vous écoute, Lieutenant.

L'homme, dans la jeune soixantaine, regarda sa montre.

— C'est à propos de mon supérieur direct, le major F. Baumeister.

Ça commençait mal, songea le général.

« Si ce jeune homme croit que j'ai le temps de gérer les chamailleries de collègues, je le renvoie dans le prochain train à Berlin s'occuper des anciens combattants. »

Lukas Betz réalisa qu'il ne possédait pas le ton ni le vocabulaire exact pour décrire ce qu'il tentait de dire. Alors il sortit la photo et la posa juste sous les yeux du général, puis recula de deux pas, les yeux baissés.

On pouvait reconnaître facilement la tête du major s'agrippant à ce qui était un arrière-train de femme.

Von Bose lâcha un juron et questionna immédiatement Betz sur la provenance de la photo.

Il expliqua que Magda lui avait confié des clichés et détailla l'entretien qu'il avait eu avec le major. Puis il précéda les questions du chef en disant que personne n'avait posé ses yeux sur ces photos, à part Magda, Baumeister, lui et maintenant, le général.

— Merci d'être venu directement à moi. Je connais votre père, il peut être fier de votre tact et de votre célérité. À présent, je vous demande de faire comme si de rien n'était. Je m'occupe de parler au major.

Le lieutenant voulut ajouter quelque chose. Ce fut au tour du général de le précéder.

— Non, je ne mentionnerai pas votre nom. Baumeister ne saura pas que j'ai obtenu cette photo de vous. Rompez, maintenant.

Il fit le plus beau salut hitlérien et tourna les talons avec un sentiment profond et agréable de vengeance. Il en voulait grandement à ce gros plein de soupe de Baumeister d'avoir fait de lui son souffre-douleur. Tous les commentaires à peine voilés sur ses origines bourgeoises et ses piques sur son homosexualité allaient bientôt cesser.

Quand la secrétaire le vit sortir du bureau avec plus d'assurance qu'à son arrivée, elle eut de l'admiration pour le jeune officier. En voilà un qui a du cran, se dit-elle.

# Suzy, à nouveau en danger

ARMANDO VENAIT de convoquer une réunion à son domicile. Il y avait Jean de Dieu, Suzy, Nadège et Hans qui arriva en dernier, camouflé derrière un chapeau au ras des yeux.

Le bébé dormait sur les genoux de sa mère, au salon. Il devait être onze heures du soir. Le propriétaire du bar parlait à voix basse. Il ne voulait pas réveiller l'enfant mais surtout, il ne tenait pas à alerter le voisinage à propos de ce conciliabule.

Ces derniers jours, des locataires du dessus lui avaient demandé s'il avait de la visite. Ils avaient entendu du bruit et notamment des pleurs de bébé. Le Brésilien s'était confondu en excuses pour ne pas les avoir avertis. Il admit qu'il recevait la cousine de sa femme, Isabelle. Elle logeait chez eux avec son enfant. Simple visite de courtoisie avant de retourner dans le Morbihan, en Bretagne, mentit Armando.

Tous les amis se regardèrent silencieusement. Ils comprirent que Suzy devait partir sous peu. Une visite qui traînait provoquait des soupçons et la délation.

Nadège regarda son mari et dit :

— On peut la faire dormir chez la « pisseuse », elle a une chambre d'amie.

Armando expliqua tout de suite aux autres ce que venait de dire sa femme.

— On s'occupe d'une vieille femme qui vit dans l'appartement au fond du couloir. Madeleine n'a plus toute sa tête, mais elle refuse d'aller en pension. Elle attend son fils Alexandre, qui est dans la Résistance. Elle vit seule avec son chat. On fait ses courses, sa vaisselle, on lui lave son linge et s'assure qu'elle n'a besoin de rien. À son âge, elle pisse souvent dans ses habits.

Armando avait bien connu son voisin de palier, Alexandre. Le célibataire dans la trentaine prenait soin de sa mère avec beaucoup d'affection. Un garçon de café, toujours le sourire aux lèvres et prêt à aider. Toutefois, une fois les Allemands à Paris, Alexandre avait changé du jour au lendemain. Devenu taciturne et secret, il avait décidé de prendre les armes à l'été 1941. Il avait confié sa mère à Armando, la veille de son départ pour joindre la Résistance. « Ne lui dis surtout pas que je vais combattre, ça lui briserait le cœur », avait-il demandé au Brésilien. « Je te confie ma mère parce que tu es un homme honnête et bon. » Armando, mis devant le fait accompli, avait accepté de veiller sur elle avec Nadège. Lui ne pouvait pas abandonner son épouse et se lancer dans une aventure suicidaire. Le cafetier était incapable de tuer une mouche. Alors aider Alexandre semblait être la seule chose à faire.

— A-t-elle des visiteurs ? demanda Jean de Dieu.

— Non. Depuis le départ d'Alexandre, je n'ai vu personne. Nous sommes les seuls à la fréquenter. Sa pension vient par la poste. Nadège l'accompagne à la banque pour la toucher.

Suzy caressait inconsciemment la tête du nourrisson endormi.

— Je veux bien aller chez elle. Je sais que vous prenez tous beaucoup de risques pour moi. J'essayerai d'éviter que Rodolfo ne fasse du bruit. D'habitude, il est très calme. C'est le changement d'environnement.

Hans racla sa gorge, assis sur l'accoudoir du divan.

— Combien de temps avant son départ?

Il avait posé la question à Jean de Dieu, sans accent. Personne ne savait comment il arrivait si bien à masquer ses origines. Un talent caché.

— J'avais prévu soixante-douze heures. Mais ce que dit Armando me force à agir plus vite. Quarante-huit heures.

Le Brésilien eut un soupir de soulagement.

L'Africain garda la voix basse.

— Suzy et Rodolfo partiront avec moi. Tout ce que je peux dire est que la destination finale est Lisbonne. Je ne peux pas donner de détails. Je dois finaliser le plan d'exécution avec Hans. Prince Antonio est au courant, bien sûr.

Nadège demanda :

— Alors, si c'est pour bientôt, elle peut attendre ici, non?

Armando se tourna vers Jean de Dieu pour avoir son opinion.

— Non, il faut déjouer les risques de délation avant qu'ils n'adviennent. Suzy va aller dormir chez Madeleine cette nuit. La vieille doit être déjà endormie. Penses-tu que tu peux l'emmener, Nadège?

— Oui, Madeleine ne pose pas de questions. Elle est douce et passive. Elle aime les petits enfants. Tout ce qu'elle veut est attendre le retour de son fils dans son appartement.

Le conciliabule ne dura plus très longtemps après cet échange. Jean de Dieu demanda à Hans de partir en premier. Il s'adressa à Suzy.

— Ne t'en fais pas. Va chez Madeleine, tout ira bien.

Hans sortit comme un chat dans la nuit. Jean de Dieu attendit dix minutes et suivit son ami. Quand Nadège emmena Suzy chez Madeleine, la vieille dormait à poings fermés. Le petit ne broncha pas, car il était dans les bras de sa mère. Nadège déposa une valisette dans laquelle se trouvaient les quelques possessions de la Juive polonaise et les effets nécessaires pour le bébé. Il ne restait aucun signe de son passage chez Armando.

Dans leur lit conjugal, le Brésilien et sa femme s'enlacèrent fortement. Ils se sentaient coupables d'avoir transféré Suzy chez Madeleine. Nadège versa quelques larmes. Elle n'eut pas besoin de s'expliquer à son mari. Il avait lui-même la gorge nouée. Si quelque chose de mal arrivait au petit Rodolfo, ni l'un ni l'autre ne se le pardonnerait. Ça faisait si longtemps qu'ils essayaient d'avoir un enfant. Ils savaient que mettre au monde en période de guerre n'était pas recommandé. Ce bébé dans leur appartement avait ravivé leur désir d'être parents.

# Prince Antonio et l'oiseau de feu

LE PRINCE angolais tournait une cuillère dans son café noir à la cafétéria de l'aérodrome militaire d'Alverca, à une trentaine de minutes de Lisbonne.

En face de lui, le capitaine Tiago Esteves, mieux connu sous le nom de « *O pássaro de fogo* », ce qui voulait dire l'oiseau de feu. C'était un pilote légendaire. Un héros du groupe des *Viriatos*. Ces volontaires portugais, durant la guerre civile espagnole, avaient combattu aux côtés des nationalistes au sein de la Légion étrangère espagnole. Il s'était illustré avec l'armée du général Franco en bombardant des colonnes de républicains. Il pilotait un avion de chasse appelé le Gloster Gladiator. C'était un coucou fort malléable, à deux ailes superposées et à une hélice avant. Son surnom, l'oiseau de feu, venait du fait qu'il mitraillait ses ennemis à basse altitude et ses victimes voyaient le feu de ses canons cracher et crépiter. Après la guerre, l'as des boucles aériennes avait réintégré l'armée portugaise. Malgré les médailles et les accolades, Tiago Esteves s'ennuyait du combat. La neutralité de son pays le forçait à chercher de l'action là où il le pouvait.

L'ami d'un ami mit le prince africain en contact avec le pilote. L'Angolais fit sa proposition : un voyage de l'aérodrome militaire jusqu'à l'aéroport de Bourges, non loin de Paris. Le pilote le regarda, intrigué.

Avait-il les autorisations officielles du Portugal et des Allemands ? Le prince sortit de la poche interne de sa veste bleu ciel une autorisation que Me Santiago Miranda lui avait remise dans la matinée, signée de Salazar. Il lut attentivement le document sur lequel figuraient les termes « mission secrète » et « colis précieux ». Un représentant officiel du gouvernement allemand avait également signé, se portant garant de la réception du « colis précieux ».

— Combien vous payez ? demanda le pilote, la cigarette au coin gauche des lèvres.

L'Africain annonça plusieurs centaines de dollars. Les devises venaient directement des caisses du gouvernement portugais. Tiago leva les sourcils, impressionné.

C'était au tour du prince de poser une question. Était-ce possible de prendre un avion civil, à plusieurs places ?

Le pilote fit tomber la cendre de sa cigarette dans un cendrier sur la table.

— Oui, c'est possible.

Il pensait au Caudron C.440 Goéland, un bimoteur à ailes basses. C'était une marque française, développée au milieu des années trente. Les jambes du train d'atterrissage principal rentraient dans les nacelles des moteurs. La cabine pouvait prendre six passagers avec compartiments à bagages et à l'arrière, il y avait des toilettes. Ce coucou dormait dans un des hangars d'un aéro-club non loin de l'aérodrome. C'était un appareil pour l'aviation civile, mais dont la robustesse avait toujours impressionné le pilote portugais. Les Français savaient fabriquer de bons avions, pensa-t-il.

— Aller simple ou aller-retour ?

— Aller-retour.

— Et la date?

— Je ne sais pas exactement. Mais bientôt. Il faudrait que vous soyez opérationnel.

Il sourit en jouant machinalement avec sa moustache fine.

— Vous, les civils, vous n'avez aucune idée de ce que ça prend pour piloter. On doit faire un plan de vol, choisir le meilleur trajet, vérifier la météo et éviter les avions ennemis. J'ai besoin de savoir au moins une semaine à l'avance.

— Non. Trois jours à l'avance.

Le ton péremptoire surprit le héros militaire. On l'admirait tellement qu'il se demanda pour la première fois si l'homme en face de lui savait à qui il s'adressait. Mais l'argent en jeu était alléchant.

Il annonça son prix. On avait atteint le millier de dollars. Il expliqua qu'emprunter le Goéland n'était pas donné.

— D'accord, répondit l'Africain, sans sourciller.

Ce n'était pas son argent. Il n'allait pas rechigner sur les moyens.

Ils s'entendirent sur leur prochaine rencontre. Pas dans un camp militaire. À Lisbonne. L'Africain l'invita dans un restaurant sympathique de son quartier. Sur son territoire. Le pilote accepta, subjugué par cet Africain élégant qui ne semblait pas le connaître, lui, l'oiseau de feu.

— Savez-vous qui je suis? finit-il par dire en lui serrant la main.

— *O pássaro de fogo.*

Le Portugais sourit, satisfait. L'Africain garda sa main dans la sienne.

— Et savez-vous qui je suis?

Le pilote répondit :

— Prince Antonio.

— Je suis l'homme que personne ne trompe.
La déclaration était accompagnée d'une poigne ferme.
— Alors on va s'entendre, conclut Tiago, avec sérieux.

# Le général demande des comptes au major Baumeister

Le général Erich Von Bose n'appela pas son major juste après l'affaire des photos compromettantes. Il laissa passer quelques jours. Les journaux pétainistes et les tracts de la Résistance ne semblaient pas avoir eu écho des déboires du major Baumeister. Alors son chef ne se pressa pas pour s'entretenir avec lui. En effet, une telle affaire rendue publique l'aurait également éclaboussé. Il était chargé, entre autres, de l'image de la Wehrmacht à Paris.

Le major entra dans son bureau sans se douter que le général était au courant de ses dernières bévues. La réunion hebdomadaire avait pour but de faire le point sur ceux qui avaient parlé durant la torture et les malheureux qui étaient morts avec leurs secrets. Il mourait encore trop de résistants entre les mains du major et de son équipe. Von Bose ne se souciait pas de la vie des prisonniers. Seuls les résultats comptaient. Il tenait à ce qu'ils parlent avant de mourir. Autrement, l'ennemi restait maître du jeu.

Erich Von Bose recevait toujours Baumeister en dernier, après les autres officiers chargés des interrogatoires. Le major ne s'exprimait pas toujours clairement et son chef voulait du temps pour lui sortir les vers du nez. On aurait dit que cet homme rustre et filou menait sa propre guerre et qu'il visait sa victoire personnelle. Par exemple, la secrétaire du major ne retranscrivait jamais les aveux des torturés. C'était le major lui-même qui décidait ce qui était important et dactylographiait personnellement les propos des torturés. Et puis, ses suspects semblaient lui filer entre les doigts trop souvent ces derniers temps. Il pensa au prince angolais qui trafiquait des diamants à Paris. Ce Noir devait travailler pour la PVDE portugaise. Mais il avait réussi à retourner à Lisbonne avant son interpellation. Une occasion ratée d'en faire un agent double. Il y avait eu également l'assassinat du grand trafiquant d'alcool, Simon Giraudoux, alias « Pastis ». Erich Von Bose comptait sur ce truand pour pénétrer le milieu des bourgeois parisiens qui finançaient la Résistance. L'homme avait été assassiné dans son appartement du 16e arrondissement, malgré la vigilance des hommes du major. Ça commençait à faire beaucoup.

Après le salut de rigueur, Baumeister ouvrit un dossier sur ses genoux. Il allait annoncer le nombre de torturés qui étaient passés aux aveux cette semaine quand Von Bose l'interrompit.

— Vous donnerez le bilan à ma secrétaire. Je veux que vous me parliez de la patronne de Chez Pierrette.

Le ton semblait presque courtois. Baumeister se demanda si le général était de bonne humeur.

— C'était une fausse piste. J'ai dû la relâcher. Rien à en tirer.

Le major voulut se replonger dans le dossier sur ses genoux, mais son patron insista.

— Non, Major Baumeister. Pas de compte-rendu aujourd'hui. Expliquez-moi la raison de la libération de Pierrette.

L'insistance du général lui mit la puce à l'oreille. Erich Von Bose savait. Baumeister déposa son dossier sur la tablette à côté de lui, se racla la gorge discrètement et dit :

— C'est le lieutenant Betz qui vous a informé ?

— Non. Je n'ai pas à vous divulguer le nom de mon informateur. Mais le lieutenant Betz n'y est pour rien et s'il se plaint à moi que vous le blâmez, ce sera la rétrogradation pour vous. Est-ce clair ?

— Oui, Général, obtempéra Baumeister, le regard froid.

— J'ai reçu ça.

Von Bose mit la photo compromettante que Betz lui avait confiée sur la table.

— Y en a-t-il d'autres ? s'enquit le chef.

Le major, humilié d'être vu par son patron dans ces circonstances, prit une grande respiration.

— J'en ai reçu trois autres.

Erich Von Bose le savait. Il l'avait appris de la bouche de Betz. Toutefois, il voulait s'assurer que Baumeister n'allait pas mentir.

— Qu'en avez-vous fait ?

— Elles sont détruites.

— Très bien.

Le major voulut se saisir de la photo sur sa table.

— Non. Laissez ça là.

Il se leva et prit à nouveau la photo pour la consulter devant son officier, cramoisi.

— Qu'avez-vous fait pour démasquer le maître-chanteur ?

Baumeister, se tortillant dans son fauteuil comme si celui-ci lui piquait les fesses, admit qu'il ne détenait aucune piste. Il mentionna le faux facteur qui avait livré le courrier et la date falsifiée sur l'enveloppe. Un travail impeccable et audacieux.

— Et votre maîtresse ? Ne me dites pas que vous êtes amoureux ?

Le général fit ce commentaire comme si l'amour représentait à ses yeux une maladie vénérienne.

— Je ne pouvais pas mener à bien mon interrogatoire dans mon appartement. Cette femme rusée a profité de mon besoin de discrétion pour refuser de parler.

— Je vois. Vous êtes donc au même point que vous étiez quand vous avez reçu les photos.

Le constat embarrassa davantage le major, mortifié.

Il tenta une question qui lui trottait dans la tête.

— Ai-je eu tort de libérer Pierrette ?

— Non. C'est un retrait tactique. En plus, ça doit satisfaire son cousin le commissaire et tous ses collègues. Ils ont ainsi l'impression d'avoir eu gain de cause.

Il regarda encore la photo et Baumeister sentit un poignard remuer dans la plaie de son orgueil.

— C'est une « Tante Minnie », commenta Erich Von Bose.

— Comme je l'ai dit, du travail de connaisseur, confirma l'autre nazi. Je soupçonne des résistants d'Europe de l'Est. Polonais, Bulgares, ils ont l'expérience.

— Non, ils auraient placardé ça dans tout Paris. Si vous vous en êtes sorti, il faut penser qu'ils ne sont pas nombreux et qu'il est plus question d'une revanche personnelle que collective. Avez-vous une idée de qui voudrait se venger ?

— La liste est longue, admit l'homme au monocle.

— Je sais. Notre métier provoque forcément des rancunes profondes.

Il pianota machinalement sur le bureau en scrutant la photo. Il le faisait exprès pour rapetisser l'ego de ce major. Il fallait le ridiculiser au point qu'il fasse tout ce qu'il lui demanderait comme un caniche.

— J'ai failli faire un rapport à Berlin. Et puis, j'ai changé d'avis. Votre rendement, même en dents de scie, est apprécié. Vos méthodes de travail sont un peu nébuleuses. Par exemple, j'ai l'impression que vos informations soutirées aux torturés sont parcellaires. Or, je suis votre chef. Il faut tout me dire.

Le major baissa les yeux et garda un sourire diplomatique. Il avait été envoyé à Paris par un général plus haut placé que ce Von Bose. Il ne l'intimidait pas. La méthode aurait marché avec les autres officiers. Cependant, Baumeister, même si son amour-propre était en charpie, comptait garder une certaine indépendance.

— Mes informations sont aussi complètes que possible. Les prisonniers révèlent dans certaines circonstances des renseignements qui n'ont aucun rapport avec la raison pour laquelle on les arrête. Dans ce cas, je dois faire le tri. Désolé que cela paraisse « parcellaire » quelquefois.

Son supérieur posa ses yeux bleu acier sur lui.

— Je vous donne l'autorisation d'interroger votre maîtresse.

— Au sous-sol ?

— Oui, mais la nuit tombée. Mettez-lui une cagoule. On ne doit pas savoir de qui il s'agit. Faites ce que vous voulez d'elle. Elle doit parler. Maintenant que le maître-chanteur n'a pas donné vos photos aux journaux, il ne le fera probablement pas. Il faut l'appréhender avant qu'il ne change d'avis.

Il retourna s'asseoir, toujours la photo en main. Il fit comme s'il allait la lui rendre et changea d'avis. En réalité, il n'allait pas la lui donner et le major comprenait la tactique.

— Je vais la garder en lieu sûr comme pièce à conviction. Elle vous sera utile quand vous interrogerez votre maîtresse.

Le major ne répondit pas. Il se leva avec rapidité, salua officiellement Von Bose et au moment d'ouvrir la porte, son supérieur lança.

— La prochaine fois, au lieu de vous envoyer en l'air avec des inconnues, prenez un animal de compagnie.

Le commentaire fit plisser les yeux de Baumeister. Erich Von Bose ne voyait que sa nuque et reprit son travail. La secrétaire souhaita bonne journée au major, mais il ne répondit pas. Elle constata que son visage était rouge de colère et sa démarche, martiale. Il retourna directement dans son bureau sans adresser la parole à qui que ce soit sur son chemin. Une fois dans la pièce, il verrouilla derrière lui et sortit les coordonnées d'Angèle. Le téléphone sonna sans réponse. L'homme raccrocha, toujours furieux. Il ouvrit le dernier tiroir de son bureau, sortit un verre et une bouteille de whisky écossais. Il en but une rasade. Cela apaisa sa colère. Baumeister décida de passer voir Angèle le soir même. Il allait lui tendre un piège et se régaler lors de son interrogatoire. Tout venait à point à ceux qui savaient attendre.

# Visite de policiers au domicile de Nadège et Armando

ÇA FAISAIT à peine vingt-quatre heures que Suzy et son petit logeaient chez Madeleine quand des policiers cognèrent bruyamment à la porte d'Armando et Nadège.

Deux hommes en manteau d'hiver gris, l'air sévère, entrèrent au domicile, une fois la porte ouverte. Le couple mangeait son repas du soir. Il s'agissait d'une soupe aux navets et de sardines accompagnées de pain à l'ail. Nadège était sur le point d'en apporter à Suzy, au fond du couloir. Elle les reçut avec le sourire.

— Police judiciaire. On nous a informés que des étrangers vivaient sous votre toit.

Armando avala sa soupe de travers. Il toussa pendant que Nadège vint à sa rescousse.

— Pas du tout, monsieur. Nous vivons seuls ici.

Son mari poursuivit, la mine estomaquée.

— Vous pouvez inspecter notre appartement. Il n'y a que nous.

Les policiers vérifièrent chaque pièce, accompagnés du Brésilien. Ils fouillèrent également les armoires et le dessous des lits. La chambre où Suzy et son petit avaient été logés n'avait plus de draps sur le lit.

Ils demandèrent ensuite leurs papiers.

— C'est la routine, on doit vérifier qui vous êtes. Vous avez un accent étranger, monsieur. Vous venez d'où ?

— Du Brésil. Je suis musicien, répondit Armando, en montrant une photo de lui dans le petit salon, guitare en main.

Le plus mince des deux policiers jeta un coup d'œil rapidement, sans sourire.

— Armando Luis Pereira, lut le plus gros. C'est vous le propriétaire du café Le croissant doré ?

— Oui, c'est bien moi. Vous êtes les bienvenus quand vous voulez, messieurs. Je vous offrirai du café venu du Brésil, cadeau de la maison.

Le plus mince prit un air plein de suspicion.

— La locataire en haut dit qu'elle entendait un bébé pleurer ces derniers jours. Vous n'avez pas d'enfant. Pourquoi ce bruit ?

Nadège fut choquée d'apprendre que la délatrice vivait au-dessus d'elle. Il s'agissait d'une femme à la voix mielleuse, aux manières si douces. Une enseignante dans un lycée de quartier. Elle avait un mari sans emploi et deux enfants d'âge scolaire.

— Ha ! Ha ! rit le cafetier en regardant Nadège qui tenta un sourire. C'est le petit de sa cousine ! Isabelle, la Bretonne. Elle a dormi chez nous quelques jours. Son fils Marcel avait la colique et il pleurait souvent. Le mystère est résolu.

Le policier mince n'aimait pas l'attitude débonnaire du Brésilien.

— Monsieur, je sais qu'au Brésil, la police est sûrement folklorique ! Sachez qu'ici, on ne rit pas avec un agent de l'ordre. Je peux vous mettre sous les verrous n'importe quand si ça me plaît. Alors un peu de sérieux !

— Oui, monsieur l'agent, répondit Armando, tout à coup protocolaire.

Nadège, qui prit le temps d'observer les deux agents, remarqua que le plus gros n'appréciait pas quand son collègue criait.

— J'ai fait une crème à la rhubarbe pour le dessert. Voulez-vous y goûter ?

Elle regarda le gros dans les yeux et fit un sourire de politesse.

Les policiers échangèrent un regard étonné. Non seulement le Brésilien n'était pas sérieux, mais en plus sa femme leur parlait de dessert. Le mince prit une grande respiration, leva les yeux en l'air et au moment de la rabrouer, l'autre dit :

— Oui, moi, je veux bien y goûter.

Son collègue le regarda, les yeux noirs.

— Tu peux y goûter aussi, dit-il à son collègue.

Ce commentaire le désarçonna. Il perdit son air outré. Armando et Nadège comprirent alors que l'homme n'était pas vraiment fâché. Il voulait en donner l'impression. Armando se frotta les mains et sortit une bouteille d'eau-de-vie et deux verres à pied.

— J'ai un petit calvados, vous m'en direz des nouvelles. Un cadeau reçu avant l'Occupation. Je voudrais vous le faire goûter.

Les deux hommes ne bronchèrent pas. Il était si rare de trouver de bonnes bouteilles en cette période de guerre. Ils voulaient bien se réchauffer le palais. Un cafetier avait toujours quelque chose dans sa manche.

Ils restèrent tous debout autour de la table. Il fallait faire vite pour continuer les inspections ailleurs, concernant des Juifs cachés.

Le gros dégusta la crème à la rhubarbe et félicita la cuisinière. Les deux burent du calvados. Le goût dans sa bouche rendit le sourire au plus mince.

— C'est du bon. Garde-le précieusement sinon quelqu'un risque de te le voler.

Il l'avait tutoyé et c'était bon signe.

— Alors cette cousine est de retour en Bretagne ?

— Oui, ça fait quelques jours.

— Ah, d'accord, conclut le gros. On y va.

Ils sortirent sans insister et fermèrent la porte derrière eux. Le mince ne parlait que de ce calvados qui lui restait dans les papilles. Du bon, répéta-t-il. Il avait hâte à la fin des restrictions, murmura-t-il à son ami.

Le gros s'était régalé aussi. Il pensa à cette crème à la rhubarbe.

— Attends-moi dans la voiture. Je ne serai pas long. Je dois lui demander la recette.

Il monta les escaliers rapidement et cogna à nouveau, plus discrètement. Le Brésilien ouvrit, de la crème au bord des lèvres.

— J'aimerais que votre femme me donne la recette de cette crème à la rhubarbe. Ma femme cherche des moyens de faire des desserts à prix bon marché.

Le Brésilien lui ouvrit grand la porte et Nadège prit un bout de papier ainsi qu'un stylo et commença à noter sa recette.

Elle écrivait qu'il fallait porter à ébullition de l'eau avec la rhubarbe, puis y ajouter de la saccharine, le sucre étant une denrée rare. Au moment où elle notait qu'il fallait y mettre de la crème d'orge et laisser refroidir, la porte de l'appartement s'ouvrit à nouveau. C'était Suzy qui venait chercher sa soupe aux navets et ses sardines. Elle commençait à avoir faim. Le petit garçon était dans ses bras.

Nadège se tourna brusquement et fit tomber son stylo. Armando et le policier, qui discutaient de la difficulté de trouver du sucre à Paris, s'arrêtèrent subitement.

Suzy comprit qu'elle venait de tomber dans la gueule du loup. Armando regarda le policier, vaincu.

L'homme s'approcha de Suzy, toujours figée. Il dit à voix basse.

— Vous êtes la « cousine » de madame et voici le bébé qui pleurait.

Le silence des trois autres personnes était mortuaire. Il tendit son petit doigt à Rodolfo qui l'agrippa et sourit.

— Un petit Noir. Un beau petit Noir.

Le policier lui caressa les cheveux, ébahi de voir tant de boucles, puis se tourna vers Nadège.

— Alors elle vient, cette recette ?

Elle balbutia quelque chose d'inintelligible et se remit à écrire rapidement. Suzy n'osait se tourner, de peur qu'il la rappelle.

L'agent de police prit la recette, la relut rapidement.

— Merci.

En sortant, il s'arrêta devant Armando.

— Je n'ai rien vu. Une autre visite est prévue dans trois jours, histoire de vous prendre à l'improviste. Assurez-vous que votre Juive ne soit plus là. Sinon, on l'embarquera.

Il se tourna vers Nadège à nouveau et montra la recette.

— C'est ma femme qui sera contente !

Ensuite, on entendit son collègue au bas des escaliers.

— Hé! Tu viens ?

— Oui, oui. Allons-y.

Suzy retourna chez Madeleine, au fond du couloir. Au moins, là-bas, elle ne se sentait pas menacée. La vieille avait accepté sa présence sans la questionner. C'était l'amie de Nadège et son bébé si mignon égayait l'appartement.

Son fils allait revenir bientôt, disait-elle tout le temps à Suzy. C'était une question de jours. Elle parlait toute seule, quelquefois à son mari décédé, d'autres fois à son garçon bien-aimé. Cette folie douce valait mieux que celle des nazis, avait conclu Suzy.

Armando dut calmer sa femme qui tomba dans ses bras, les jambes flageolantes. Il la rattrapa à la dernière minute, lui offrit son fameux calvados et elle l'accepta, elle qui ne buvait jamais. Il lui fallait un remontant pour ne pas crier sa terreur. L'alcool fit rapidement son effet. Nadège se coucha sur le divan du salon, avec une couverture jusqu'au cou. Son mari la quitta pour apporter le souper à leur protégée. Suzy ne touchait pas à la nourriture de Madeleine pour éviter à Nadège d'aller faire des courses supplémentaires et éveiller la curiosité de l'épicier.

Le Brésilien trouva la mère de Rodolfo, les yeux rouges. Elle avait pleuré. Son petit jouait par terre, insouciant, un hochet dans sa petite main. L'homme déposa le plateau de nourriture.

— Mange pendant que c'est encore chaud. Il ne faut pas te faire du mauvais sang. C'est fini, maintenant. Tu es avec nous, avec Rodolfo.

— Mais demain…

— Demain, Jean de Dieu viendra te chercher. Il tient ses promesses. Hans et lui vont t'emmener loin d'ici. Tu rejoindras Prince Antonio. Tu vas voir, tout va bien aller. Mais il faut manger pour garder tes forces.

Elle obéit, réconfortée. Le Brésilien savait comment rassurer les gens. Elle donna un morceau de sardine au bébé et il le mâcha avec appétit.

— Tu en as de la chance. Il est si beau.

Armando déposa un baiser sur la joue du gamin et sortit de la chambre pour aller vérifier l'état de sa femme. Elle dormait à poings fermés. Quand il vit que tout semblait revenu à la normale, il se mit à genoux devant la croix du Christ dans sa chambre et pria, le visage en pleurs.

# À la recherche d'Angèle

Le nazi campait chez sa maîtresse depuis deux heures. Il faisait une nuit profonde à Paris et de peur de révéler sa présence, le militaire restait dans l'obscurité. Les consignes aux Parisiens de rester dans le noir pour éviter les attaques aériennes de l'armée britannique étaient respectées. Même si la RAF visait davantage la banlieue avec ses usines, Paris n'était pas épargné. Baumeister avait une clé de l'appartement. Elle la lui avait donnée en signe de confiance. Le tic-tac de la pendule du salon le rendait fou et cette noirceur lui faisait broyer du noir. « Je mettrai la main sur cette femme et elle paiera pour sa fourberie », murmura-t-il dans l'obscurité.

Hermann, dans la Mercedes en bas, avait eu l'ordre de dissimuler le véhicule le mieux possible afin de laisser monter la proie. Le major finit par allumer, excédé. Comment osait-elle jouer à cache-cache avec lui ? Il allait remuer ciel et terre pour l'appréhender.

Pendant qu'il se promettait de lui mettre la main au collet, son chauffeur cogna à la porte et appela son patron en essayant de ne pas crier.

Il ouvrit et le regarda, inquiet.

— Angèle a quitté Paris. J'ai appelé le lieutenant Betz et il a reçu la liste des passagers de train qui ont traversé la frontière franco-suisse ce matin. Son nom s'y trouve.

Le major reçut l'annonce comme une insulte de plus de la part d'Angèle. C'était également à ses yeux un aveu de culpabilité.

— D'accord, Hermann. Ramène-moi chez moi. On va contacter nos informateurs suisses à la première heure, demain.

Sur le chemin du retour, Baumeister se mordait les lèvres pour ne pas crier sa colère. Il ne croyait pas à ce qu'il venait de dire à Hermann. Les informateurs suisses ne révélaient jamais rien. Il s'était exprimé ainsi pour sauver la face. Il avait déjà travaillé avec les autorités suisses pour la localisation de fugitifs. Ces gens prenaient tout leur temps, neutralité oblige. Il avait surnommé la Suisse « la Puisse », du verbe pouvoir au subjonctif. Ce temps de verbe exprimait une action incertaine, non réalisée. Sur dix fugitifs réclamés ces derniers mois, aucun ne lui était revenu. Il s'agissait de suspects ayant traversé avec leur vrai passeport comme Angèle. Baumeister ne comptait même pas ceux qui avaient franchi la frontière suisse sous un faux nom. Angèle Gross se trouvera une autre identité, pensa-t-il. Elle allait se volatiliser comme les autres et il n'espérait pas que les policiers suisses se dépêchent pour capturer et extrader une femme suspectée dans une affaire de mœurs et de chantage. Ils avaient d'autres arrestations à faire. Le sentiment d'avoir raté une occasion de se venger quand il l'avait invitée chez lui le fit taper du poing sur la banquette moelleuse de sa Mercedes. Hermann jeta un coup d'œil rapide dans son rétroviseur et vit le visage de son chef grimaçant de rage. Angèle avait gagné et cette victoire était une trahison qui méritait qu'il l'écorche vive.

Impuissant, il reprit un air impassible en croisant le regard inquiet de son chauffeur dans le rétroviseur.

Une fois chez lui, il se servit une bonne rasade de whisky américain. Tout ce qu'il souhaitait était une bonne nouvelle. Son impression était que ses échecs avaient commencé avec le prince d'Angola qui lui avait échappé et avait disparu à Lisbonne. Et si cet énergumène se trouvait à l'origine de ses déboires ? Avait-il sous-estimé ces Noirs ? Le traducteur au français châtié semblait s'être volatilisé. Le chauffeur du prince aussi. Il ne fréquentait plus les clubs de jazz. Maintenant Angèle avait pris la poudre d'escampette comme une professionnelle de l'évasion. Qui leur mettait la puce à l'oreille ? Aucune réponse à cette question. Heureusement que ses hommes possédaient le plus grand nombre d'arrestations de Juifs de son département. Autrement, Von Bose l'aurait déjà mis dans un train pour la Russie.

# Gare de Lyon, un train pour Guerche-sur-l'Aubois

Jean de Dieu devait emmener Suzy et son enfant jusqu'à la zone libre contrôlée par le gouvernement de Pétain, à Vichy. Ensuite, ils prendraient un autre train jusqu'à Marseille. Là-bas, le prince avait donné l'adresse d'un couple portugais dans la rue des Catalans. Suzy passerait la nuit chez Franco Rocha, un ancien gouverneur d'Angola qui dirigeait une compagnie d'import-export. Le lendemain, elle devait monter à bord d'un bateau battant pavillon brésilien, le *Yemanja*, nommé d'après une déesse afro-brésilienne. Le bateau se rendrait à Lisbonne avant de se diriger vers le port de Santos, dans l'état de Sao Paulo, au Brésil.

Jenny utilisait son miroir, une fois de plus, assise dans la salle d'attente de la gare de Lyon. Son rôle était de vérifier si le couple mixte accompagné de leur enfant n'était pas surveillé. Jean de Dieu et Suzy attendaient l'annonce de l'embarquement, avec le poupon sur les genoux de la Polonaise. À part les regards torves de certains hommes mûrs et de leurs épouses qui n'approuvaient pas les unions interraciales, les voyageurs de la gare ne semblaient pas s'attarder sur leur présence.

La Chinoise, dans un manteau chic et un chapeau à épingle, rangea son petit miroir et commença à feuilleter un magazine pour femmes, non loin du couple. L'Africain lui avait donné des directives simples. Elle devait se lever et laisser le magazine sur son siège si elle avait détecté un danger imminent. Si tout allait bien, il s'agissait de rester assise jusqu'à l'embarquement.

Hans se trouvait un peu plus loin. Sa mise était particulièrement bien soignée. Il arborait un manteau de laine neuf avec fedora blanc, un costume beige à rayures et des chaussures cirées, des Oxford noir et blanc. Il attendait également l'heure de l'embarquement avec à ses pieds une valise de musicien contenant un saxophone.

Il jouait le rôle du musicien noir antillais de façon à attirer l'attention sur lui. Ce n'était pas difficile pour lui puisqu'il les fréquentait. Jean de Dieu avait eu cette idée de diversion qui marchait bien. Les hommes de la sécurité lui avaient déjà demandé ses papiers à deux reprises sur les quais. L'Africain avait insisté pour que son ami voyage sans son arme, à cause des fouilles. Le chauffeur du prince avait accepté de laisser son pistolet chez lui. Mais Jean de Dieu se demandait si son ami cachait une arme dans son étui de saxophone.

Quand le moment de partir arriva, Jenny lui sourit en signe d'au revoir. Suzy, son gamin et lui montèrent à bord, en première classe. Jean de Dieu portait une valise. Une fois installé, l'Africain vit Hans, assis trois sièges plus loin.

Ils voyageaient au milieu de quelques officiers allemands, peu intéressés par leur entourage. Ils discutaient entre eux et ignoraient sciemment les vaincus, rejoignant leur poste non loin de la zone libre. L'atmosphère parut presque agréable pour Jean de Dieu. Les passagers étaient absorbés par les aléas de la vie en temps de guerre. Il fallait survivre, notamment contre d'éventuelles attaques aériennes sur la voie ferrée. Suzy ne disait rien et s'occupait du garçonnet. Elle l'avait gavé de lait avant le départ et il somnolait, heureux de se blottir contre sa mère. Il y eut plusieurs escales et Jean de Dieu serra la main de Suzy pour lui dire de ne pas s'inquiéter. Hans échangeait quelquefois des commentaires avec son voisin, un Français. Mais la méconnaissance de la musique de son interlocuteur raccourcissait les échanges. Cela arrangeait le chauffeur du prince qui devait éviter les conversations inutiles.

Le train ralentit dans le département de la Nièvre et Jean de Dieu regarda par la fenêtre. Il y avait un contrôle, non loin de Nevers. Des soldats allemands, armés jusqu'aux dents, entourèrent le train et une voix impérative dans un français approximatif ordonna à tous les passagers de descendre. L'Africain murmura à Suzy de ne parler que si on le lui demandait. Ils avaient été contrôlés dans le train par la police française à une escale deux heures plus tôt et elle s'était montrée à la hauteur. Il espérait qu'avec les Allemands, il en serait de même. Au moindre grabuge, Hans allait réagir. Jean de Dieu le savait.

Joao de Deus Kassoma était recherché par la Gestapo. Selon le rapport que le major Baumeister avait distribué en territoire occupé, on le soupçonnait d'être impliqué dans l'assassinat d'un informateur surnommé « Pastis ». Quant à Suzy Lazowski, Baumeister fit circuler son portrait-robot, comme Juive étrangère en cavale. Par conséquent, Jenny était passée la veille de son départ pour teindre ses cheveux et changer sa coiffure. Elle espérait qu'en se présentant comme brune, ses chances de passer entre les mailles du filet augmenteraient.

Ils firent la queue dans le froid, sur le quai de la gare de Nevers. De temps à autre, un soldat emmenait un passager démasqué. Les pauvres tentaient en vain de convaincre l'officier nazi derrière sa table qu'il y avait erreur sur la personne. Les hommes de la Wehrmacht les emmenaient vers leur mort. Les chiens, des bergers allemands, s'excitaient et le petit Rodolfo pleura. La file avança, lentement, dans un suspense lancinant. Suzy arriva juste devant l'interrogateur avec l'enfant blotti contre sa poitrine.

— *Papiere!*

Elle sortit ses documents. Elle s'appelait Lara Camara, épouse de Martin Camara, originaire de la *Guinea portuguesa*. C'était une idée de Prince Antonio. Il savait que personne ne connaissait cette colonie portugaise perdue en Afrique. Cela rendait Martin Camara neutre et insignifiant. Cette colonie, devenue depuis la Guinée-Bissau, fournissait le Portugal en huile végétale et quelques autres produits dérivés de l'agriculture.

Le nom de jeune fille de Suzy était Degroote et elle venait de Belgique. Jean de Dieu, qui connaissait bien les Belges, lui donna quelques expressions du pays pour la mettre en confiance. Cela dit, en tant que Flamande, Lara Degroote n'appartenait pas à la communauté francophone et ne s'exprimait pas bien en français. Cela coïncidait avec le français approximatif de la Polonaise.

Le militaire lui demanda si elle voyageait seule et elle répondit avec un accent qu'elle souhaitait belge que son mari se trouvait dans son dos. Le militaire fit signe à Jean de Dieu de lui tendre ses papiers. L'Africain, avec un sourire de politesse, s'exécuta. Le nom du bébé figurait sur le document de la mère. Bien sûr, tout cela n'était que contrefaçon. Le contrôleur demanda leur destination et l'Africain dit qu'ils allaient à Marseille et ensuite en Guinée portugaise pour présenter leur enfant à ses parents.

L'officier secoua la tête, incrédule.

— Je crois que tu essayes de fuir aux États-Unis.

Il donna un coup de coude à son collègue.

— Qu'en penses-tu ?

Mais son collègue jetait des coups d'œil à Hans et ne faisait pas attention à la conversation.

— Ils disent qu'ils vont à Marseille et ensuite en Guinée comment ?

— Guinée portugaise, répéta Jean de Dieu, affable.

Le soldat derrière sa table demanda en allemand à son collègue distrait.

— Tu connais ce trou ?

— Laisse passer, répondit-il dans la même langue. Ils seront coincés à Marseille pendant des mois. Les bateaux de passagers pour l'Afrique se font rares. On aura le temps de vérifier si ce sont des fugitifs et de les cueillir là-bas si c'est nécessaire.

Le vérificateur principal ne semblait pas convaincu. Il scruta les papiers du couple. Mais un aboiement féroce perturba sa concentration. Un passager, n'en pouvant plus d'attendre dans la file, se mit à courir vers les fourrés non loin. Un chien l'avait rattrapé et le mordait à terre.

— D'accord, un couple avec enfant est facile à retrouver.

Cette dernière phrase fit baisser la tête de Hans qui comprenait tout. Il attendait son tour, sachant que les militaires allaient le fouiller scrupuleusement. Encore une fois, la stratégie de Jean de Dieu fit mouche. Les militaires laissèrent passer le couple et se concentrèrent sur Hans.

— Français, hein ?

— Oui, Antillais. De la Guadeloupe.

Jean de Dieu ne s'inquiétait pas pour le document de son ami. C'était un faux passeport réussi. Le faussaire se portait garant de sa marchandise.

L'officier debout, à côté du contrôleur, se pencha pour lire le document en même temps que son collègue. C'était un capitaine au regard glacial et à la mâchoire carrée.

— Suivez-moi, dit-il, dans un français clair.

Ils s'éloignèrent de la file.

— Richard Alexis. Vous êtes musicien ?

— Oui, musicien de jazz. Je joue du saxophone, ajouta-t-il, en indiquant la valise au sol.

L'interrogateur lui demanda de lever les bras. Il le fouilla des pieds à la tête, sans dire un mot. Les autres passagers jetaient des coups d'œil, curieux de voir comment finirait ce manège.

L'officier poursuivit, un sourire malicieux aux lèvres.

— Je connais bien les salles de spectacle à Paris. Où vous êtes-vous produit ?

Sans sourciller, Hans énuméra trois clubs de jazz parisiens.

Il fit signe de la tête à un militaire tenant un chien en laisse. Le garde ordonna à son animal de renifler la valise.

— Vous allez vous produire à Marseille ?

Le métis lui donna le nom du club où il devait jouer le soir même.

— Ouvrez le caisson.

Hans prit l'air surpris et déverrouilla son étui.

Le chien grogna et les autres en firent autant. Une fois ouverte, la valise de Hans ne contenait que son instrument.

— Je n'ai jamais entendu parler de Richard Alexis. Coleman Hawkins, oui. Lester Young aussi. D'ailleurs, Lester Young est un sacré pianiste. Vous ne trouvez pas ?

Hans fronça les sourcils.

— Vous vous trompez. Lester Young joue du saxophone ténor.

Le capitaine vit qu'il n'allait pas le pincer si facilement. Il décida de lui rendre ses papiers. Toutefois, Hans savait que le nazi n'en avait pas terminé avec lui. Il pouvait lire dans ses yeux une autre intention de le piéger.

Jean de Dieu regardait le manège du coin de l'œil. Ils attendaient l'ordre de remontrer dans le train.

— Où sont vos affaires ?

— Dans le wagon à bagages.

— Rien à signaler à l'intérieur ? Vous, les musiciens, vous aimez faire la fête. Il y a peut-être de quoi vous soûler ou vous droguer.

Il ordonna d'aller chercher sa valise. Pendant ce temps, on fit remonter les passagers du train. L'embarquement prit une dizaine de minutes et le capitaine posa plusieurs questions à Hans. Il lui demanda l'adresse de son domicile à Paris, quelques noms de musiciens avec qui il avait joué et notait tout. Un militaire ouvrit la valise contenant des habits et des effets personnels. L'officier fouilla avec dédain, les mains gantées. Une fois les affaires éparpillées sur le sol, rien ne fut trouvé de compromettant.

Il dit à haute voix à son lieutenant :

— Quand est-ce que le prochain train doit passer ?

— Une dizaine de minutes, répondit l'autre. Tu veux qu'on le garde ? Les Noirs, ça parle plus un pistolet à la tempe.

Le capitaine sourit, mais secoua la tête.

— Non, il faut laisser filer ce train. Sinon, on aura le commandant sur le dos.

Il fit un mouvement de la tête et continua en allemand.

— Tu trouves pas qu'il a une sale tête ?

— Si. Il faudrait le garder.

Le capitaine sortit le saxophone alto et vérifia s'il n'y avait pas de double-fond dans l'étui. Après avoir palpé l'intérieur, il dit d'un ton arrogant en allemand :

— Tu ressembles aux bâtards qu'on avait en Allemagne.

Le chauffeur du prince le regarda, indifférent :

— Désolé, je ne comprends pas.

Alors l'homme qui l'interrogeait s'exprima à nouveau en français.

— Tu es mulâtre, non ?

— Je suis guadeloupéen, répondit Hans, sans s'énerver.

— Parfait, *Mister jazzman. Play it for me.*

Hans le regarda sans broncher.

— Tu ne m'as pas compris ? Joue de ton instrument. Si c'est le tien.

Le métis rétorqua :

— Ici et maintenant ?

— Dépêche-toi, commenta le capitaine, la main sur son pistolet automatique. On n'a pas beaucoup de temps. Un autre train arrive. Je te préviens, si tu ne sais pas jouer, je t'abats.

Ces derniers propos avaient été lâchés avec une grimace de dégoût.

Jean de Dieu vit son ami se munir de l'instrument et comprit immédiatement ce qu'on venait de lui demander. Il murmura : « Mon Dieu. »

L'Africain sentit sa gorge se serrer. Il regrettait maintenant de lui avoir ordonné de voyager sans arme. Il aurait mieux valu mourir en se battant qu'être tué sans moyen de défense. Suzy vit le manège par la fenêtre. Elle savait que si on abattait Hans, sa fuite serait compromise. Jean de Dieu, sans son complice, aurait sûrement du mal à poursuivre sa mission. Ainsi, son destin et celui de son petit en dépendaient.

Hans mit ses lèvres sur le bec du saxophone et ferma les yeux. On entendit *Summertime* de George Gershwin à la gare de Nevers et le son se répercuta sur les murs, laissant tout le monde médusé. Même les chiens ne bronchèrent pas. Comprenant qu'il venait de faire une erreur, le capitaine lui ordonna d'arrêter avant qu'il n'entame le deuxième couplet.

Jean de Dieu tourna la tête en direction de son ami, incrédule. Hans savait jouer du saxophone à la perfection. Il eut l'envie de courir et de le prendre dans ses bras, mais se contenta de serrer la main de Suzy et de lui faire un sourire discret qu'elle lui rendit.

Le nazi tourna les talons, furieux. Hans rangea ses habits éparpillés à la hâte et dut se presser, car le train se mettait en branle. Les soldats restèrent sur place avec leurs chiens. Ils attendaient d'autres passagers à terroriser.

# Une chanteuse à Lisbonne

PRINCE ANTONIO attendait « l'oiseau de feu » dans un restaurant de l'Alfama. L'endroit s'appelait *« O garfo mágico »*, la fourchette magique. C'était un soir humide d'hiver, la pluie glacée venait de s'arrêter et les pavés des trottoirs reluisaient dans la nuit tombante. L'Angolais avait circulé dans les ruelles labyrinthiques de son quartier pour s'imprégner de cette ville qu'il aimait beaucoup. Il ne remarqua personne de louche, même pas le mystérieux individu à qui il fit peur la dernière fois.

Assis contre un mur de couleur ocre, il écoutait une grosse chanteuse noire accompagnée d'un accordéon. Elle devait avoir une cinquantaine d'années et ses doigts vernis de bleu glissaient sur les touches latérales de l'instrument avec facilité. Elle portait une robe rouge, serrée aux hanches, et des chaussures à talons noirs. Son portugais créolisé parlait de départ et d'amour brisé. Le prince savourait cette musique mélancolique appelée « saudade » en sirotant un vin blanc. Elle passait entre les tables, un regard doux et sensuel. Autour du cou, de nombreux colliers de pacotille assis sur une poitrine généreuse. Prince Antonio ne connaissait pas son nom, mais il l'avait déjà vue chanter dans un autre restaurant. Il sortit un billet qu'il mit sur la table pour l'artiste. Elle continua de jouer d'une main et de l'autre, empocha l'argent dans sa robe ample. Puis elle le remercia d'un grand sourire.

Le pilote fit son entrée et s'immobilisa pour laisser la femme noire s'extirper de l'étroitesse des tables.

— Je vois que vous êtes mélomane, dit le héros de guerre, après les salutations de rigueur.

— Tout dépend de la musique que vous me faites écouter.

Tiago Esteves leva les sourcils, étonné de cette entrée en matière. Il décida de ne rien ajouter sur le sujet et lui demanda le nom de son vin blanc. Le prince le lui donna et le militaire commanda la même chose.

Les deux hommes parlèrent de l'atmosphère lourde de Lisbonne ces dernières années. L'afflux de réfugiés et les mesures de surveillance du gouvernement Salazar déprimaient le pilote. Il admit que même lui, héros de la guerre d'Espagne, profondément adepte de « l'État nouveau », était sous surveillance.

— La PVDE est sur mes talons. Pourquoi ? Je l'ignore. Je soutiens ce régime. Saviez-vous que la police politique présente directement ses rapports à Salazar ? Pas au ministre de l'Intérieur.

L'Angolais devait être prudent quand il s'agissait de parler de politique portugaise. Il avait réussi à obtenir un visa d'entrée pour Suzy et son fils à la légation portugaise à Vichy grâce à Santiago Miranda. Il n'allait pas se mettre à dos le seul pays qui l'aidait.

— Non, je n'étais pas au courant.

Le pilote comprit que son interlocuteur n'allait pas s'engager dans une critique du régime en place.

Ils commandèrent leur repas. L'Africain prit un *Francesinha*, la petite française, un croque-monsieur avec fromage et poulet. Il accompagna son plat de frites épaisses. Tiago Esteves choisit plutôt de la morue au pain de maïs.

— Avez-vous l'argent ?

L'Africain lui montra la serviette en cuir sous la table.

— Avec les compliments du gouvernement Salazar.

L'ironie n'échappa pas au pilote, qui rit dans ce restaurant redevenu calme depuis que la chanteuse s'était éclipsée. La clientèle, peu nombreuse, permettait au prince de surveiller les alentours.

— Alors, dans trois jours, l'avion est prêt, n'est-ce pas ?

Le prince attendit la confirmation, d'un regard sérieux.

— Oui, tout sera prêt. Puis-je savoir quel « colis » nous emmènerons à Paris ?

— C'est prématuré. Vous le verrez quand on embarquera.

Au moment de prendre un dessert, le pilote s'excusa.

— Je dois partir si je veux trouver un taxi rapidement. Il commence à se faire tard et marcher à Lisbonne avec tout cet argent n'est pas conseillé.

— Vous êtes quand même venu préparé.

Le militaire portait un costume sombre, mais Prince Antonio avait remarqué, dès son arrivée, la bosse de la poche intérieure.

— Vous êtes perspicace, nota Esteves. Je ne sors jamais sans mon arme. Si un de ces antifranquistes qui circulent dans la ville essaie de m'agresser, je saurai l'accueillir.

L'Angolais, muni d'une arme blanche dans sa canne à pommeau en ivoire, conclut :

— Sachez que vous n'êtes pas le seul à être armé.

Il tenait à établir son ascendant sur cet homme. Héros de guerre ou pas, le pilote était à son service.

— Comptez l'argent.

— Ici ?

— Oui, ouvrez la serviette et comptez.

Vu le ton impératif de l'Africain, il décida de l'écouter. Quelque chose lui disait qu'il ne fallait pas lui déplaire. Un prince noir qui obtenait des fonds du gouvernement Salazar pour une mission secrète devait être pris au sérieux. Il compta rapidement sans sortir l'argent, fit quelques multiplications à voix basse et referma la serviette, satisfait.

Le militaire voulut appeler le garçon pour l'addition et le prince lui fit signe que ce n'était pas nécessaire. Le pilote lui serra la main en guise de remerciement et répéta qu'il l'attendrait à l'aérodrome dans trois jours.

Prince Antonio but un digestif et observa à nouveau les quelques clients dans le restaurant pour vérifier s'il n'était pas épié. Son chapeau sur la tête, il décida de marcher jusqu'à chez lui.

L'Africain fit à peine quelques pas dans la rue qu'il entendit :

— Majesté, accordez-moi un instant.

La voix venait de la pénombre, derrière lui. Prince Antonio se tourna en direction de l'obscurité, au détour d'un dédale.

— Qui est là ?

Il n'avait pas peur. Sa voix, imprégnée d'autorité, perça le silence de la nuit. Sa canne bien en main, il se préparait à sortir sa lame et à la lancer si nécessaire.

— Majesté, ce n'est que moi.

Il reconnut la chanteuse noire dans sa robe rouge.

— Que me voulez-vous ?

— Il y a un homme qui vous cherche.

L'Africain fit signe à la femme de s'approcher. Elle fit quelques pas et regarda derrière elle, inquiète.

— Je ne peux pas rester longtemps. Je dois chanter dans un restaurant à trois rues d'ici et je risque d'être en retard.

Il garda la main sur sa canne et sourit avec une incrédulité dans le regard.

— Vous m'attendez depuis longtemps ? Et si je n'étais pas sorti ?

— Je vous aurais donné un petit mot. Mais vous êtes là.

— Quel est votre prix pour me dire le nom de l'homme qui me cherche ?

— Aucun, Majesté. Vous êtes Prince Antonio. Tous les serveurs des restaurants de l'Alfama vous respectent. Et puis, vous venez d'Afrique comme moi.

— Sao Tomé-et-Principe ? demanda le prince.

Les yeux de la chanteuse prirent une expression d'admiration.

— Oui, vous connaissez ?

— Non, mais j'ai étudié avec un jeune homme qui a votre accent.

Elle baissa les yeux, une pensée triste assombrit son visage.

— Je compte y retourner un jour, après cette maudite guerre, si Dieu le veut.

Le prince ne fit aucun commentaire, toujours aux aguets.

— Il est de race blanche, grand et blond. Peut-être quarante ans. Il ne s'habille pas aussi bien que vous. Manteau gris, chapeau gris. Un accent allemand, même s'il cherche à le cacher. L'idiot m'a donné de l'argent pour lui dire quand je vous verrai.

— L'idiot a un nom ?

— Peter.

— Un numéro de téléphone ?

— Non. Il ne m'en a pas donné. Il vient souvent le soir.

— Quand est-ce que vous l'avez vu pour la dernière fois ?

— Il y a à peine une heure.

Le prince attendit la suite.

La chanteuse lui indiqua un petit restaurant dans la rue Santiago.

— N'y allez pas, Majesté. Je suis venue vous avertir. Je peux voir que cet homme est dangereux.

Il sourit à nouveau.

— Comment vous appelez-vous ?

— Adelina Pereira Santos. Mais ici, on me connaît comme Paulina a Negra.

Elle le vit fouiller dans sa poche interne et fit un geste pour lui confirmer qu'elle ne voulait pas d'argent.

Il sortit une carte avec son nom et son numéro de téléphone.

— Si vous êtes en détresse, contactez-moi. Je vais vous aider.

Adelina eut à peine le temps de le remercier qu'il se dirigeait déjà vers la rue Santiago.

* *
*

Le trajet lui prit cinq minutes. Prince Antonio voulait confronter celui qui le cherchait. Si l'individu était un tueur, il comptait sur son adresse à l'arme blanche pour lui régler son compte avant qu'il n'ait le temps de réagir. Avant la guerre, il ne quittait jamais son pistolet semi-automatique, un Browning Hi-Power de calibre 9 mm. Il affectionnait le modèle fabriqué pour l'armée. Cependant, la présence de la Wehrmacht à Paris l'avait forcé à éviter de porter une arme sur lui. Les fouilles fréquentes et inopinées aux points de contrôle lui avaient fait changer ses habitudes. Il se demandait souvent comment Jean de Dieu et Hans arrivaient à passer entre les mailles du filet.

Même si Prince Antonio ressortait son flingue de temps à autre, Lisbonne restait relativement sécuritaire. Il préférait dépendre de son acuité au couteau. En tant que prince africain, il avait appris le maniement des armes tranchantes dès son plus jeune âge. Chez lui, un membre de la noblesse doit être guerrier et sa réaction, après la conversation avec Adelina, avait été d'aller vers l'individu qui le cherchait.

L'Africain n'eut pas le temps de pénétrer dans le restaurant. Un homme grand, au manteau gris et au chapeau gris aussi, poussa la porte de sortie. Leurs regards se croisèrent et l'Angolais vit deux pupilles noires le dévisager froidement.

— Ah, Prince Antonio, je présume ? demanda l'inconnu en portugais.

L'Africain s'immobilisa pour lui faire face, sous la devanture du restaurant aux lampions multicolores.

— Et qui êtes-vous ?

— Peter Aberson. Je suis journaliste hollandais. Je vous cherche depuis quelques jours.

— Je sais.

L'homme le dévisagea et dit :

— Oui, évidemment. Quelqu'un a dû vous le dire. Voulez-vous un verre ?

— Non, répondit l'Africain, sur ses gardes. Puis-je savoir pourquoi vous me cherchez ?

Deux hommes passèrent à côté d'eux et entrèrent dans le restaurant. Cela sembla inquiéter le mystérieux Peter.

— Si je ne peux vous offrir un verre, alors marchons ensemble et je vous expliquerai.

Prince Antonio remarqua l'accent allemand que son interlocuteur cachait mal. Il indiqua une ruelle, non loin d'un arrêt de tramway. Personne ne s'y trouvait.

— Je suis journaliste d'investigation. Selon mes sources, vous êtes recherché à Paris pour une affaire de trafic de diamants. Je voulais vous rencontrer pour avoir votre version des faits avant de publier mon papier.

— Pour quel journal travaillez-vous ?

— Je suis pigiste. Je vends mon histoire au plus offrant.

L'Africain ne crut pas un instant à ses dires.

— Je ne suis recherché ni à Paris ni ailleurs, rectifia l'Africain. La preuve, je compte y retourner.

— Quand ?

— Bientôt.

L'Allemand poursuivit comme s'il s'agissait d'une interview.

— Mes lecteurs veulent savoir pourquoi un prince africain est accusé de trafic de diamants.

L'Angolais haussa les épaules et prit un cigare de son manteau. Il s'arrêta et dit :

— Je veux bien vous expliquer. Avez-vous du feu ?

L'homme sortit un briquet de sa poche et en allumant le cigare du prince, ce dernier lui agrippa la main et la retourna rapidement. L'Allemand retira sa main aussi vite qu'il le put, mais c'était trop tard. L'Angolais avait vu la tête de mort de sa bague, qu'il portait retournée à l'intérieur afin de la dissimuler.

— L'anneau à tête de mort. Vous êtes de la Gestapo.

La bague était offerte aux officiers de la SS de la part de Heinrich Himmler, leur chef.

— Dommage, conclut l'individu. D'habitude, je l'enlève. Mais je n'ai pas eu le temps. J'avais perdu espoir de vous croiser cette nuit.

— Ce n'est pas grave. Votre accent allemand vous trahissait de toute façon. Que me voulez-vous ?

Il fuma son cigare et attendit patiemment que le SS joue cartes sur table.

— Suzy Lazowski.

Le nom provoqua un instant de panique dans l'esprit de l'Angolais. Il toussa et se ressaisit.

— Je ne connais pas.

— D'après nos collègues à Paris, Suzy Lazowski est la mère de votre fils.

— Supposant que c'est vrai, je ne sais pas pourquoi vous me parlez d'elle.

— On l'a arrêtée.

La nouvelle obligea le prince à prendre une grande respiration. Il ne voulait pas le croire. L'Africain savait qu'elle n'était plus à Paris et si ce qu'il disait était vrai, ses acolytes, Jean de Dieu et Hans, devaient être morts.

— Je ne la connais pas. Mais je ne suis pas étonné par vos méthodes. Seulement, vous faites fausse route.

L'espion fit la sourde oreille.

— Vous êtes proche de maître Santiago Miranda. C'est un ancien ministre de Salazar. Tout ce qu'on vous demande est de nous renseigner. Vont-ils laisser les Alliés s'installer aux Açores ? Vous savez combien ces îles portugaises sont un enjeu stratégique pour la guerre ? Leur emplacement est crucial pour le contrôle de l'Atlantique. Les Portugais ont-ils signé un pacte avec Churchill ?

Le cœur de Prince Antonio battit la chamade. Il venait d'être forcé à choisir. S'il acceptait la proposition, il devenait un agent au service de la Gestapo. Les nazis détenaient-ils Suzy et son fils ? Il aspira sur son cigare, laissa sortir une fumée grise de ses narines. La nuit froide la fit disparaître rapidement.

— Cette Suzy, que je ne connais pas, vous la détenez à Fresnes ?

— Oui, confirma l'espion, d'un air solennel. Il ne dépend que de vous de la sauver. Elle et votre bébé. Alors on peut compter sur vous ?

L'Africain jeta son cigare au sol.

— Non, monsieur le SS. Suzy n'est pas à Fresnes. Mon informateur m'a confirmé il y a une heure qu'elle est dans un train pour Marseille avec un visa de la légation portugaise obtenu à Vichy. Un bateau pour Lisbonne l'y attend. Votre bluff n'a pas marché.

Les deux hommes se regardèrent, debout dans la ruelle déserte. Le SS réalisa que l'Africain ne comptait pas le laisser partir avec cet aveu de complicité. Il mit la main dans sa poche, mais n'eut pas le temps de sortir son Luger. L'Angolais lui transperça le cœur avec la lame de sa canne, d'un geste éclair.

L'espion écarquilla les yeux, pris de court par la rapidité de l'attaque. Il s'écroula sur le sol et le Prince l'entendit lâcher son dernier soupir. Il essuya sa lame sur les vêtements de l'espion et s'éloigna rapidement du corps gisant sur le pavé.

L'Angolais se promit de remercier Armando de l'avoir gardé informé. Suzy ne devait pas rater son bateau pour Lisbonne, car la Gestapo, une fois qu'ils apprendraient la mort d'un de leurs agents, allait multiplier les recherches.

## Le départ pour Lisbonne

Après avoir récupéré le visa pour Lisbonne à la légation portugaise de Vichy, Jean de Dieu et Suzy continuèrent en direction de Marseille. Hans prit une chambre dans un hôtel discret pour y attendre le retour de son ami. Il était prévu qu'ils feraient le voyage dans le même train pour retrouver Paris.

Le trajet Vichy-Marseille se fit sans incident et Franco Rocha, l'ex-gouverneur d'Angola, se déplaça lui-même pour accueillir Suzy et Jean de Dieu sur les quais de la gare. Il se faisait tard et une fois arrivés dans son grand appartement de la rue des Catalans, Suzy et son bébé se retirèrent dans une des chambres de visiteurs afin de récupérer des forces pour le voyage en bateau prévu le lendemain.

L'homme d'affaires tint à ce que Jean de Dieu dîne avec sa femme et lui. Leurs enfants, tous au Portugal, leur manquaient beaucoup. Ils parlèrent de leur séjour de quelques années en Angola et de la gentillesse de Son Altesse Antonio Jose Henrique Dos Santos Mbwafu du royaume Kongo. Quant à Prince Antonio, selon Franco, il était promis à un bel avenir.

Jean de Dieu écouta poliment ses hôtes, puis s'excusa afin d'aller récupérer après un long voyage. Le couple lui prêta la chambre du fond du couloir. Ainsi, il y avait peu de risques d'entendre le bébé s'il se réveillait.

Le lendemain, Jean de Dieu rejoignit M. et Mme Rocha au petit déjeuner. L'immeuble se situait au bord de la baie de Marseille. La lumière matinale réveilla la mère et son bébé qui vinrent manger avec les autres. L'atmosphère était joviale, on ne pouvait penser qu'une guerre faisait rage. Les adultes regardaient les paquebots dans la baie de Marseille et tout le monde s'émerveillait de la beauté du ciel bleu et de l'agilité des mouettes.

L'heure de se préparer arriva. Franco Rocha alla chercher un taxi et sa femme tint à offrir quelques vêtements chauds à Suzy pour le voyage. Elle s'éclipsa pour en chercher dans sa garde-robe. L'Africain se trouva seul avec Suzy et son enfant. Il sortit des papiers de sa poche de veste. Ces documents avaient voyagé dans la semelle de ses chaussures et gardaient quelques plis. Il lui donna son billet de bateau qui incluait une cabine et un repas. Il y ajouta son visa d'entrée à Lisbonne, celui de transit à Madrid et son visa de sortie de France. Les deux derniers visas étaient faux, mais de bonne qualité. Les douaniers espagnols ne montraient aucun zèle quand on transitait dans leur pays. C'était quand on y restait qu'ils redoublaient de vigilance.

Suzy prit la paperasse en le remerciant. Le traducteur répondit qu'elle se trouvait à Marseille surtout grâce à son propre courage.

Quand Franco Rocha revint pour dire qu'un taxi les attendait au rez-de-chaussée, Suzy confia Rodolfo à l'Africain. Elle devait aller boucler sa valise. L'enfant s'était habitué à Jean de Dieu et resta sur ses genoux en jouant avec son hochet favori.

Le consul s'assit à côté du traducteur.

— Il ne faut surtout pas qu'elle rate ce bateau. La ville est remplie d'espions à la solde des nazis. De nombreux Juifs sont fichés et surveillés. L'État ne les laisse partir qu'au compte-gouttes. Les hôtels Bompard et Terminus, ici à Marseille, sont pleins de femmes et d'enfants internés. Ils ne sont pas libres de leurs mouvements.

Le ton grave de l'ancien gouverneur contrastait avec la bonne humeur qu'il affichait au petit déjeuner. C'était la première fois que Jean de Dieu percevait l'inquiétude de cet homme si affable et chaleureux.

— Elle partira avec le gamin, se contenta-t-il de confirmer.

— Êtes-vous sûr d'avoir tous les papiers en règle ?

— Ne vous inquiétez de rien et merci pour votre hospitalité.

La réponse sembla satisfaire Franco qui avala son café rapidement. Quelque chose chez Jean de Dieu lui inspirait confiance. Il partageait l'élégance du prince et affichait lui aussi une assurance à toute épreuve.

Le port de Marseille grouillait de monde. Il y avait des bateaux à quai dont les marchandises étaient déchargées. Certains venaient d'Amérique latine, d'autres d'Afrique du Nord. Des hommes en tablier s'occupaient de charger des sacs immenses en toile dans des camions qui attendaient leur cargaison à acheminer dans toute la France sous le contrôle de Vichy. Toutefois, un grand nombre de ces sacs de fruits et légumes allait grossir le marché noir et leur prix atteindrait le double de leur valeur.

Jean de Dieu sortit du taxi en premier et scruta les alentours avant de faire signe à Suzy de descendre avec le petit dans ses bras. Le bateau qui devait l'emmener à Lisbonne se trouvait à quai. Le *Yemanja*, navire commercial à vapeur, permettait déjà l'embarquement de ses passagers.

Le bâtiment arborait trois mâts et, au centre, une cheminée gigantesque qui lâchait une fumée noirâtre se dissipant dans le ciel bleu.

Le chauffeur sortit la valise du coffre de son véhicule et refusa le pourboire du traducteur en précisant que Franco Rocha s'était occupé de tout. Jean de Dieu insista et le chauffeur, un Oriental, finit par accepter.

Des porteurs tentèrent de prendre la valise, mais le traducteur préféra la porter et fit signe à Suzy de le suivre. Ils se frayèrent un chemin jusque non loin de la douane. Là, il lui donna ses dernières directives.

— Tu ne parles qu'anglais.

— D'accord. Mais les Belges parlent français.

— Pas tous. Comme tes papiers l'indiquent, tu es Flamande et tu vas à Lisbonne afin d'aller présenter ton fils à tes parents qui y séjournent. Ton mari, ressortissant d'une colonie portugaise, te rejoindra plus tard.

— D'accord.

— Surtout, reste dans ta cabine. Ne sors que quand c'est nécessaire et verrouille toujours ta porte.

La jeune femme acquiesça, la mine inquiète.

— Tout ira bien.

Il lui fit une bise et une accolade pour faire croire aux badauds qu'il s'agissait de son épouse.

— Mes salutations, Rodolfo, dit-il, en s'adressant au garçonnet dans les bras de sa mère, puis il déposa un baiser sur son front.

La Polonaise se mit dans la file pour passer les douanes françaises. Le traducteur ne voulait pas attendre. Il savait que l'endroit truffé d'informateurs et d'espions pouvait lui être fatal. Avec son portrait-robot aux mains de la Gestapo, il se sentait plus en sécurité au cœur de Paris, au milieu de Noirs qui lui ressemblaient. Ce fut à cet instant qu'il sentit une tape sur l'épaule. En se retournant, il constata qu'il connaissait le petit homme bedonnant. Il s'agissait d'un professeur à l'Institut d'ethnologie de Paris. Que faisait-il là ?

— Prince Antonio ? Ou dois-je vous appeler Kassoma ?

L'Africain fit semblant de ne pas le reconnaître.

— Vous vous trompez, monsieur, je ne vous connais pas.

— Allons, je suis le professeur Clotaire Vasseur, dit-il, tout bas.

Il se souvenait bien de cet intellectuel pédant, dans la cinquantaine. Il l'avait croisé dans les couloirs de l'Institut quand il prenait des cours à la place de Prince Antonio. Il enseignait le « déterminisme génétique ».

— Je ne vous connais pas, monsieur, insista-t-il. Vous faites erreur.

Le professeur enleva ses lunettes épaisses aux verres sombres et s'approcha pour mieux l'observer.

— Je crois bien que c'est vous. Joao de Deus Kassoma. La Gestapo vous recherche, commenta le professeur.

Jean de Dieu sentit son cœur s'affoler.

— Je ne sais pas de quoi vous parlez.

Le professeur le retint par la manche. Il regarda autour de lui à nouveau.

— Pas si vite. Je suis très bon physionomiste. Vous êtes en cavale, hein ?

L'Africain changea d'attitude pour gagner du temps.

— Attendez. Vasseur ? Oui, l'auteur du fameux *Traité sur l'eugénisme et l'hérédité humaine*. Je n'ai jamais assisté à vos cours magistraux parce que le traité est une insulte à l'intelligence. Que faites-vous à Marseille ?

Le commentaire fit rougir de colère le petit monsieur. Il se retint toutefois de réagir.

— La Gestapo a arrêté un grand nombre de mes collègues à l'Institut. Ils ont découvert un réseau de résistants. Je n'ai plus d'endroit où enseigner.

— D'accord, professeur. Je retire mon commentaire. Venez, allons discuter dans un lieu moins bondé. Je suis sûr que je peux vous aider.

Il le prit par l'épaule afin de l'éloigner des douanes et de Suzy.

Ils marchèrent ensemble jusqu'à ce qu'ils trouvent un banc public, derrière une haie fleurie haute et taillée. Jean de Dieu eut l'air chagriné d'apprendre les déboires du professeur. Il l'invita à s'asseoir dans cet endroit à l'abri des regards indiscrets afin d'écouter ses soucis. L'enseignant, ravi d'avoir une oreille attentive, ne se fit pas prier.

Une fois assis sur le banc, Vasseur lui annonça ses intentions.

— J'ai faim et je suis sans le sou. Je suis venu à Marseille dans l'espoir de trouver une âme charitable qui pourrait m'aider financièrement. La personne que je venais voir a dû fuir précipitamment. J'ignore où elle se trouve.

— Cette guerre met les gens à la rue, je comprends votre désarroi, professeur. Même moi, je dois faire attention.

Clotaire Vasseur ne voulait surtout pas entendre ce genre de discours. Il passa à l'offensive.

— Vous qui êtes toujours bien habillé, donnez-moi de l'argent. Sinon, j'irai voir la Gestapo. Eux paieront pour savoir que je vous ai vu ici, à Marseille.

L'Africain eut l'air choqué par ce chantage. Il prit un air résigné et demanda :

— Combien voulez-vous ?

Le professeur le regarda et tourna la tête vers les bateaux en partance.

— Assez pour aller jusqu'en Amérique. Je dois me faire oublier.

Le dernier commentaire ne tomba pas dans l'oreille d'un sourd.

— J'ai vu dans les journaux que plusieurs de vos collègues ethnologues ont été exécutés au Mont-Valérien récemment. Pourquoi pas vous ?

Le silence du professeur le trahit.

— C'est vous qui les avez dénoncés. On n'a pas fermé votre chaire. Vous fuyez la Résistance.

Il soupira et gratta ses joues mal rasées.

— Je n'avais pas le choix. C'étaient eux ou moi.

Craignant d'avoir trop parlé, Vasseur commenta :

— Vous n'êtes pas mieux loti. Combien de temps pensez-vous échapper à la Gestapo ? Ils sont passés à l'Institut à deux reprises, rien que pour vous. Si je dis que je vous ai vu, ils encercleront Marseille pour vous retrouver. Allez, acceptez et je me tais.

— Mon cher ami, je suis sûr qu'on peut s'entendre. Voilà ce que je propose.

Dans un geste qui se voulait amical, Jean de Dieu passa sa main autour du cou de Clotaire Vasseur. Ce dernier crut qu'il venait de gagner son chantage. L'Africain fit comme s'il allait lui murmurer un montant dans l'oreille. Cela obligea le professeur à rapprocher sa tête. D'un geste brusque et rapide, de sa main droite, l'Africain lui enfonça un petit couteau à pain dans la poitrine, juste sous son cœur. Exactement comme Hans le lui avait appris pour éviter un saignement intense. Le professeur, surpris, murmura : « Vous m'avez poignardé. » Le traducteur s'était servi d'un couteau pris dans la cuisine de Franco Rocha, le matin même.

Sa main gantée couvrait le manche en bois, tandis que l'autre entourait le professeur comme un ami qui écoutait une confidence. Le petit homme pâlit sous la douleur.

« Ce n'est pas possible. Il n'a pas osé. »

Clotaire Vasseur tenta de crier à l'aide, mais il n'y parvint pas. Ses poumons se remplissaient de sang.

— Nous ne sommes pas dans un de vos livres sur la hiérarchie des races basée sur la zoologie, murmura Jean de Dieu dans l'oreille de l'agonisant.

Dans son essai, le professeur soutenait que le système sanguin des Noirs expliquait leur lâcheté et leur soumission.

Jean de Dieu regarda autour. La haie taillée cachait bien le banc sur lequel les deux hommes se trouvaient. Vasseur étouffait, les yeux écarquillés. Un filet de sang sortit de sa bouche.

La paire de lunettes aux verres sombres de la victime empêchait de voir ses yeux fixant le vide. Son corps fut secoué de quelques spasmes, mais l'Africain le tenait fermement pour faire croire à une accolade.

Le traducteur déposa sur le banc le corps devenu flasque et se leva pour l'étaler de tout son long, sur le ventre. Ainsi, le petit couteau enfoncé sous le cœur ne se voyait pas. Vasseur ressemblait à un clochard ivre mort sur un banc public, face contre siège.

Les Marseillais continuaient leurs activités portuaires, sans se douter qu'un homme venait d'être poignardé sur un banc derrière une haie de fleurs qui embellissait les lieux.

L'Africain se passa un mouchoir sur le visage et le cou pour s'assurer de ne pas avoir de sang sur lui. Il ne vit rien. Ensuite, il s'éloigna à grands pas et héla un taxi.

Dans le véhicule, le bras droit du prince éprouva un soulagement. Il allait pouvoir se rendre à Paris.

## Bonne nouvelle pour Baumeister

Le major se trouvait dans le bureau du général Erich Von Bose. Ce que son supérieur venait de lui annoncer lui fit se frotter les mains de jubilation. Prince Antonio était attendu à Paris dans moins de vingt-quatre heures. Selon ses informations, son avion, un aéronef civil, piloté par un officier portugais, venait de quitter l'escale de Madrid. Le général le fixa avec intensité.

— Il nous apporte un « colis ».

— Ah ! De quoi parlons-nous ?

— Ça vous dit quelque chose, la Brigade suprême ?

— Léandro Barros, répondit Baumeister.

— Exactement. Il est à bord d'un avion civil en direction du Bourget. Un cadeau de Salazar à notre Führer.

Le major croisa les jambes et admit :

— C'est bien joué de la part de Prince Antonio.

Son patron alluma une cigarette et continua ses commentaires.

— C'est un échange. Il compte retourner le même jour à Lisbonne avec l'abbé Eusébio da Silva.

— Le fou furieux qui a fait son cinéma pour défendre la race juive ? Cet abbé ?

— Oui, le religieux portugais qui a osé défier notre état-major.

— Astucieux, reconnut Baumeister. Mais n'importe quoi peut arriver au prince une fois à Paris, non ?

Le général ne fut pas surpris du ton malicieux du major. C'était le plus vicieux de ses tortionnaires.

— Prince Antonio a des relations étroites avec le gouvernement Salazar. Certains disent même que c'est un agent de la PVDE. Il faut qu'il travaille pour nous. On ne peut pas le corrompre. Il a déjà beaucoup d'argent. Il reste à le faire chanter. Nous avons besoin d'une taupe à l'intérieur du gouvernement portugais.

— Il vient récupérer ses diamants.

— Laissez tomber les diamants. Concentrez-vous sur une façon de l'obliger à travailler pour nous. J'ai lu dans un de vos rapports qu'il a un enfant avec une de ses maîtresses. Une Juive.

— Sarah Lazowski. Elle se fait appeler Suzy.

— L'avez-vous trouvée, cette Suzy ?

— Non, pas encore. Le traducteur a dû l'aider à fuir.

— Qui ?

— Son traducteur.

— Rappelez-moi les faits.

— Prince Antonio ne parle pas français. Il a un traducteur. C'est un grand noir bien habillé, comme son patron. Il se fait appeler Joao de Deus Kassoma, mais je suis sûr que c'est un nom d'emprunt. Il n'a pas l'accent portugais.

— Ah, oui. Je me souviens d'avoir vu ce nom dans vos rapports. Un autre qui vous a filé entre les mains.

Vexé, le tortionnaire se défendit.

— Mes hommes ont été bernés. Mais j'aurai ma revanche avec Prince Antonio. Un interrogatoire nous permettrait de savoir où Suzy se cache.

— Non ! Je connais vos méthodes. Le Führer ne veut surtout pas froisser Salazar. Imaginez que le président portugais apprenne qu'on a brutalisé son envoyé spécial ! Il pourrait croire qu'on ne lui accorde aucune estime. Il signerait un pacte avec Churchill. Non, on ne touche pas à un cheveu de ce prince.

Le major insista.

— Je ne le recevrai pas au sous-sol, mais dans mon bureau.

— Proposez-lui de devenir notre espion. Faites-le avec tact, insista Von Bose.

Le général tenta de tirer les vers du nez à son adjoint.

— Avez-vous quelques preuves matérielles pour coincer ce traducteur ? Par exemple, des empreintes dans l'appartement de Pastis ?

— Aucune. Ils ont fait attention.

Von Bose lui décocha un regard plein de reproche.

— Vous ne touchez pas au prince angolais, compris ?

Baumeister serra les lèvres pour ne pas l'insulter.

— Récemment, un de nos agents a été retrouvé poignardé à Lisbonne, non loin de la résidence du prince. Je suis persuadé qu'il l'a assassiné, mon Général.

— Aucun témoin ?

— Non, aucun.

— Cet agent, se faisait-il appeler Peter Aberson ?

— Oui. Vous le connaissiez ?

Le général lâcha un juron.

— Prince Antonio est un fin stratège et un tueur de sang-froid. J'ai bien connu Aberson en Pologne. Un de nos meilleurs agents.

— Je vous demande une heure avec Prince Antonio. Je vous promets de ne pas lui faire du mal. On le laissera repartir après l'avoir convaincu de travailler pour nous.

« Et il me dira où il cache ses diamants », pensa-t-il.

Les yeux bleu acier devinrent plus glacés que jamais.

— Vous l'avez laissé quitter Paris ! Ce sont les conséquences de votre incompétence. Au lieu de courir les jupons, vous auriez dû vous concentrer sur sa capture !

Baumeister constata que Von Bose n'avait toujours pas digéré la photo scandaleuse que le lieutenant Betz lui avait montrée.

Le tortionnaire resta muet, rien ne révélait sa colère. Depuis la découverte des photos, sa relation avec Lukas Betz se limitait à une collaboration strictement administrative.

Le général tira longuement sur sa cigarette et l'écrasa, à moitié consommée.

— Je dois dire que vous êtes chanceux dans vos déboires. Aucune photo n'a fuité dans les journaux. Pour le moment, je n'ai rien à vous reprocher. Votre poste n'est pas en danger. Cela dit, vous devez redorer votre blason. Faites de Prince Antonio notre espion.

La menace frappa Baumeister comme un camouflet. L'officier s'était déjà promis de mettre la main au collet de Prince Antonio. C'était une question d'honneur. Il n'allait pas le laisser rentrer à Lisbonne. Crise diplomatique ou pas.

— Je vous promets de faire de lui notre espion.

Erich Von Bose lui annonça que leur entretien était terminé. Depuis l'assassinat de Pastis, Baumeister avait grandement diminué dans son estime.

# Les soirées de Hans de retour à Paris

DEPUIS SON retour dans la capitale française, Hans dormait le jour dans différents hôtels de quartier. Il se faisait passer pour un musicien antillais. Le métis mettait son étui de saxophone en évidence sur le comptoir quand il prenait une chambre. Après ce geste emphatique, aucun réceptionniste d'hôtel ne lui posait de questions sur sa profession. Hans ne faisait pas plus d'une semaine dans un établissement et choisissait toujours des hôtels de passe, car les prostituées détestaient les autorités policières. Elles l'auraient averti s'il devait déguerpir à la moindre descente de police. La nuit, il sortait chercher la Renault. Le véhicule repeint en noir dormait dans le garage de son ami Matty. C'était officiellement le véhicule de Prince Antonio, mais puisqu'il n'était pas à Paris, l'ami de Jean de Dieu conduisait les danseuses des clubs parisiens dans des soirées de parties fines et se faisait bien rémunérer pour ses services de chauffeur nocturne.

Les dames avaient des sauf-conduits des officiers allemands pour circuler librement et se rendre à ces soirées de jambes en l'air. Hans, muet comme une carpe, gardait son chapeau au ras des sourcils afin de ne pas trop attirer l'attention des quelques gendarmes qui vérifiaient les papiers aux petites heures du matin. Toujours muni de faux papiers de qualité supérieure, il passait sans se faire arrêter.

Il lui arrivait d'aller voir un film au cinéma Le Louxor dans le 10e arrondissement en attendant que les jeunes dames finissent leurs numéros de danse dans leur boîte de nuit respective. Il avait vu récemment *Le Croiseur Sébastopol*. Ce film, qui datait de 1937, était une pure propagande antisoviétique, mais présenté comme un « film d'aventures », avec l'actrice allemande Camilla Horn. Il n'y allait pas pour les films. Il fréquentait les salles de cinéma pour se réchauffer et voir les actualités françaises diffusées avant la projection cinématographique. Il y avait toujours un documentaire antisémite, ensuite les actualités propagandistes et enfin le film. Cela lui donnait assez de temps pour ne plus avoir froid. Ce qu'il avait remarqué dans les actualités françaises était l'embellissement croissant des nouvelles des combats sur le front de l'Est.

Pour lui, cela voulait dire que les troupes hitlériennes subissaient de lourdes pertes et avançaient avec difficulté vers Moscou. Il prenait toutes ces actualités en les interprétant à l'opposé de la narration.

D'autres soirs, il allait voir Matty jouer de la guitare rythmique au Hot Club de France, accompagnant Django Reinhardt et Alix Combelle, le saxophoniste. Hans connaissait de nombreux clubs discrets de la Rive gauche où Matty jouait. Officiellement, le commandement allemand en France n'interdisait pas le jazz, mais les nazis détestaient cette musique de Noirs venue d'Amérique.

Certaines nuits, le chauffeur de Prince Antonio emmenait la belle Jenny rejoindre des officiers allemands. Quand elle roulait avec lui, Hans vérifiait toujours si son Luger à la poignée en ivoire avait un projectile dans sa chambre. Ensuite, il le remettait sous son siège. Il savait que Jean de

Dieu aurait eu le cœur brisé si quelque chose lui arrivait. Hans était comme ça. C'était un romantique qui avait quelques blessures de cœur dont il ne parlait à personne. Il attendait le prochain amour sans se presser, car il ignorait s'il vivrait assez longtemps pour le rencontrer. Voilà pourquoi il disait si souvent : « Encore une belle journée pour survivre. »

# La Polonaise et le politicien

Me SANTIAGO Miranda ordonna à son chauffeur d'aller plus vite. Il était en retard. Le prince africain lui avait demandé d'accueillir « sa femme » au port de Lisbonne. L'Angolais n'avait pas dit à l'avocat que Suzy et lui n'étaient pas mariés. Il fallait sauver les apparences, surtout sous un régime aussi conservateur que celui de Salazar.

— Dépêche-toi, Caetano ! Le bateau est sûrement déjà à quai. Elle doit se demander où est son prince. Appuie sur le plancher ! Si la police nous arrête, je m'occuperai de leur parler !

Le chauffeur obéit immédiatement et la limousine, une Renault Suprastella sortie des usines en 1939, mit ses huit cylindres à exécution. Le véhicule noir et décapotable de dignitaire fit tourner la tête des passants. La voiture passa des ronds-points, des bornes-fontaines et des églises, provoquant la fuite de piétons vers les trottoirs. L'auto vrombissait et Caetano donnait du klaxon au moindre obstacle sur son passage. Même les pigeons semblaient lui laisser la priorité. En ce début d'après-midi, les rues étaient bondées. Mais Caetano se fraya un chemin, composé de raccourcis, jusqu'au port où il ralentit pour ne pas heurter les porteurs chargeant des marchandises. Le *Yemanja* se trouvait amarré et vidé de ses passagers. Les employés de bord se préparaient à descendre à leur tour quand Santiago Miranda leur fit signe du quai. Il leur demanda si tous les passagers avaient quitté le navire. Ils n'entendirent alors qu'un son guttural venu des machines. L'avocat voulut s'approcher, mais deux douaniers, sortis de la foule, le retinrent par l'avant-bras.

— Aucun civil ne monte à bord d'un bâtiment à quai. Circulez, monsieur.

Santiago Miranda eut l'air courroucé. On ne lui interdisait pas grand-chose, comme homme d'État. Il exigea qu'on le lâche, d'un ton menaçant. Ensuite, il sortit le document qu'il utilisait une fois par semaine pour se rendre dans les bureaux de Salazar. Quand les douaniers virent « Conseiller personnel de Son Excellence Antonio de Oliveira Salazar », ils se mirent au garde-à-vous sur le champ. Les voyageurs et leurs familles se tournèrent, étonnés. L'avocat fit comme si de rien n'était.

— Les passagers sont-ils tous descendus ?

— Oui, Votre Excellence, répondit le douanier qui lui avait interdit de monter à bord.

Il rangea son document d'identité et leur demanda s'ils avaient vu une passagère seule avec un nourrisson attendre quelque part sur le quai.

Les douaniers ne savaient pas quoi répondre. Il y avait de nombreuses mères. Ils ne pouvaient rien confirmer. Certaines suivaient leurs époux, d'autres les précédaient. À cet instant, Caetano s'approcha de son patron, sous le regard méfiant des douaniers.

— C'est mon chauffeur, se pressa-t-il de leur dire pour éviter une confrontation. Que veux-tu ?

— Patron, je crois que la personne que vous cherchez est là-bas. C'est une mère avec un bébé noir.

Il indiqua la direction d'un geste de la tête. Santiago Miranda vit une dame qui tenait son enfant dans ses bras. Deux hommes scrutaient ses papiers en lui posant des questions.

L'avocat fulmina tout en marchant d'un pas rapide vers Suzy et ses interrogateurs. Il bouscula une personne au passage, mais ne s'excusa pas. Il connaissait le nom d'emprunt de Suzy pour ce voyage, Lara Camara. Prince Antonio l'avait mis au courant.

Le conseiller de Salazar interrompit immédiatement le policier plus âgé, en costume sombre et au chapeau bleu nuit.

— Monsieur, voici ma carte.

Le plus jeune fronça les sourcils, visiblement agacé.

Les membres de la police secrète la consultèrent en silence.

— Maintenant que vous savez qui je suis, je vous conseille fortement de laisser cette jeune femme. Son nom est Lara Camara et elle est mon invitée.

— Maître Miranda ! Comprenez-nous, c'est un simple contrôle de routine, dit le plus âgé des agents.

Le plus jeune ajouta :

— Madame Camara attendait son mari depuis plusieurs minutes et il ne s'est pas encore présenté.

— Monsieur Camara a un empêchement. Je viens de vous dire que cette femme est mon invitée.

— C'est une étrangère, c'est une Belge, ajouta le jeune policier, en guise de réplique.

Il portait un costume gris et un chapeau noir.

— Vous devez comprendre notre vérification, précisa l'agent.

Suzy se tourna et dévisagea le nouveau venu qui lui fit un sourire de politesse.

— Ses papiers sont en règle, n'est-ce pas ?

— Oui, reconnut le plus âgé.

— Alors circulez.

Les membres de la police secrète ne bougèrent pas, vexés d'être rabroués de la sorte.

Il prit une grande respiration pour exprimer son exaspération.

— Sachez, messieurs, que je dîne régulièrement avec votre patron. Nous avons fait l'école de droit ensemble.

Le dernier commentaire fit pâlir l'agent d'une cinquantaine d'années.

— Je n'avais pas l'intention...

— Vos intentions ne m'intéressent pas. Montrez-moi vos pièces d'identité.

— Capitaine Silvano Coelho, annonça-t-il.

Son collègue se sentit contraint de se présenter également.

— Lieutenant Guido Matos.

Ils montrèrent leur carte d'identité. Deux agents de la PVDE.

— Vous êtes sur le point de perdre vos emplois, messieurs.

— Désolé, s'excusa le plus âgé, inquiet. On ne savait pas.

— Comme je vous ai dit, cette femme est sous ma protection. Je m'en porte garant.

— D'accord, conclut-il, en tirant le collègue plus jeune par la manche.

Suzy comprit à la mine déconfite des policiers qu'elle n'avait plus rien à craindre. Ces derniers lui rendirent ses papiers et la saluèrent d'un sourire forcé et d'un signe de la tête.

— Où se trouvent vos valises ?

Santiago Miranda s'était adressé à elle en français.

Elle indiqua le bagage que les policiers gardaient à leurs pieds.

— C'est tout ? Caetano, mets ça dans la voiture.

Il attendit que les deux policiers soient loin pour continuer à parler. En plus du portugais, l'ancien ministre des Affaires étrangères maîtrisait trois autres langues : le français, l'anglais et l'espagnol.

— Je m'appelle Santiago Miranda. Votre mari est un collègue de travail, dit-il pour simplifier leur relation. Il m'a demandé de venir vous chercher. Désolé pour le retard. J'avais une réunion importante, ce matin.

Suzy se décontracta.

— Enchantée, monsieur. Où est Antonio ?

— Son Altesse est en voyage d'affaires. Il reviendra probablement demain.

L'avocat savait qu'il ne fallait pas dévoiler la mission secrète de Prince Antonio. Sa compagne aurait paniqué si elle savait que sa destination était Paris.

— Il m'a dit qu'il vous a laissé une lettre à son domicile. Allons-y, ajouta-t-il, le petit doit être fatigué après ce voyage. Comment s'appelle-t-il ?

— Rodolfo.

Le garçonnet ne prêta pas attention à cet homme si bavard. Son regard s'orienta vers les grands bateaux à quai. Captivé par l'effervescence du port, Rodolfo restait muet et subjugué. Les retardataires couraient vers les passerelles sur le point d'être remontées, les mères agrippaient leurs enfants trop près du quai et les porteurs zigzaguaient entre des grappes de badauds assistant aux scènes d'adieu. Suzy ne s'était aventurée que deux fois hors de sa cabine pour manger durant le voyage. Rodolfo n'avait pas vu autant de monde depuis son départ du port de Marseille.

La limousine prit la direction du quartier de la Baixa. L'appartement de Prince Antonio surplombait le bord de mer et le véhicule dut grimper quelques ruelles étroites et sinueuses. Leur conversation dans la voiture fut polie. L'avocat voulut la rassurer quand elle lui demanda la destination du prince. Il prétendit qu'il ignorait tous les détails du voyage. Puis le juriste changea de sujet. Maintenant qu'elle se trouvait à Lisbonne, elle pourrait goûter aux délicieux menus des restaurants de la ville. Suzy l'en remercia tout en restant sur ses gardes. Passer d'une cabine étroite de bateau à une limousine avec chauffeur lui paraissait presque irréel. Rêvait-elle ou avait-elle réussi à sauver sa peau et celle de son petit ? La voiture s'arrêta devant un immeuble d'architecture ancienne, avec des pylônes à l'entrée et des gargouilles en sentinelles au sommet de la bâtisse. Les quelques voitures garées au bord du trottoir révélèrent à Suzy qu'elle se trouvait dans un quartier chic.

L'avocat ordonna à son chauffeur en portugais d'accompagner la dame et son petit jusqu'à la porte de son appartement et de lui remettre les clés. Caetano, la valise au bout du bras, escorta Suzy et Rodolfo jusqu'au quatrième étage et déverrouilla la porte. Ensuite, il déposa la valise dans l'entrée de l'appartement, tendit les clés à Suzy et dit dans un français clair : « Bienvenue à Lisbonne. » L'homme tourna les talons et redescendit rapidement pour conduire son patron à son bureau.

Suzy referma la porte à clé par réflexe. Elle verrouilla à double tour, comme quand elle était à Paris dans son appartement. Elle avait fait de même dans la cabine de bateau à destination de Lisbonne. La mère de Rodolfo contempla le grand salon ordonné, aux meubles de qualité. La jeune femme fit quelques pas, son petit dans les bras. La cheminée au centre de la pièce était imposante, avec du bois à chauffer en grande quantité. Pourtant, il ne faisait plus très froid à Lisbonne. Le printemps approchait et les rues étaient balayées d'un vent frais, sous un soleil salvateur. Puis elle vit la grande baie vitrée qui captait les rayons solaires et les projetait sur le plancher en bois ciré. Elle distingua des toitures aux briques brunes, une statue équestre et l'océan au loin, tout bleu. Suzy contempla l'appartement chauffé où le silence ambiant vous permettait de faire le point et de ne pas mourir de terreur à petit feu. Elle s'assit et laissa son petit explorer le vaste appartement à quatre pattes. Des larmes coulaient abondamment de ses yeux, et elle n'essaya pas de les retenir.

Elle finit par se lever et reprit son gamin dans les bras. L'enfant, interloqué par le visage humide de sa mère, tenta d'y mettre ses petites mains. Elle les prit et y déposa des baisers. Une lettre l'attendait sur le comptoir de la cuisine. Elle était en anglais. Antonio lui souhaitait la bienvenue et espérait que leur petit Rodolfo se portait bien. Le prince s'excusait de son absence au port de Lisbonne, mais une affaire urgente devait être réglée. C'était une mission secrète et il ne pouvait lui en dire davantage. L'Africain indiqua qu'il avait fait des courses, que le frigidaire et les étagères étaient remplis. Quelques effets de toilette pour le bébé se trouvaient dans la salle de bain, ainsi que des robes de printemps dans l'armoire de la chambre principale. Il ne devrait pas tarder, ajouta-t-il. Suzy trouva des billets de banque dans l'enveloppe et les coordonnées de Santiago Miranda en cas d'urgence.

## Le comité d'accueil au Bourget

Le pilote de l'avion civil, Tiago Esteves, atterrit au Bourget sans la moindre anicroche. Sa dextérité et son sang-froid lui permirent de naviguer sous la supervision harcelante d'un avion-chasseur de la Wehrmacht qui, malgré le feu vert des nazis, surveillait son trajet au-dessus de la capitale française.

L'aviateur ne cachait pas sa satisfaction de pouvoir se débarrasser du « colis » que Prince Antonio apportait aux autorités allemandes. Quand il l'avait vu au départ de Lisbonne, son sang n'avait fait qu'un tour. Il avait reconnu tout de suite Léandro Barros, le chef de la Brigade suprême. Le pilote avait compris la raison pour laquelle le prince n'avait rien voulu lui dire d'avance. Il aurait probablement refusé de conduire celui qu'il considérait comme un bandit de grands chemins. Pour le héros de l'aviation portugaise, cet énergumène ne méritait que le peloton d'exécution. Il s'habillait en uniforme, paradait avec ses camarades, insignes à la poitrine et revolver à la ceinture, mais ce n'était pas un militaire ni même un paramilitaire, plutôt un soldat d'opérette.

Pâle comme la mort à cause de son incarcération loin du soleil, le chef de la Brigade suprême avait attendu que l'avion décolle de Lisbonne pour harceler le pilote de questions sur son itinéraire et sur sa destination finale. Il savait qu'il servait de monnaie d'échange, mais ignorait la personne que le Portugal réclamait.

Prince Antonio avait expliqué à Barros qu'il était chargé de l'emmener rejoindre ses collègues nazis. L'Allemagne, avait-il menti, avait exigé sa libération. Ensuite, le voyage s'était effectué sans discussion entre eux. L'Africain avait parlé au pilote à plusieurs reprises, notamment durant leur escale espagnole. Quant à Léandro, il n'avait jamais adressé la parole au prince. Pour lui, il s'agissait d'un homme de race inférieure. Qu'un Noir l'emmène chez ses camarades nazis ne lui plaisait guère. Bien au contraire, il comptait sur les officiers allemands du comité d'accueil au Bourget pour l'arrêter.

Une fois sur la piste, l'avion s'immobilisa à l'endroit indiqué par un soldat dirigeant les avions au sol. Ensuite, un officier de la Wehrmacht s'approcha, accompagné de trois soldats, mitraillettes au poing. Les passagers descendirent, chacun leur tour. Le pilote en premier, le prince en second et le chef de la Brigade suprême en troisième. Le fasciste portugais souriait, heureux d'être libre.

L'officier allemand de taille moyenne, le regard froid et le sourire protocolaire, fit le salut nazi et s'adressa en portugais à Léandro Barros.

— Bienvenue en France, monsieur Barros. Je me présente : lieutenant Adrian Fischer. Nous sommes très contents de votre libération. On est au courant de la grande sympathie que vous éprouvez pour notre Führer et je vous transmets, en son nom, ses chaleureuses salutations.

Léandro, fier, fit immédiatement le salut nazi en retour.

— Je viens au nom du peuple portugais exprimer son soutien indéfectible au Führer Adolf Hitler et poursuivre le combat à ses côtés !

L'ex-prisonnier de Salazar était le plus petit et son costume froissé lui donnait l'air encore plus rabougri. Aux officiers présents, il ressemblait plus à un demandeur d'asile qu'à un chef fasciste. Ce spectacle répugnait à Esteves. Il n'avait pas fait la guerre d'Espagne pour être colonisé par les Allemands. Il s'était allié aux forces franquistes à cause de ses convictions anticommunistes. Cependant, il ne portait pas les nazis dans son cœur.

L'oiseau de feu fixa Barros.

— Tais-toi avant que je te fasse taire.

Le chef en exil explosa de colère.

— Tu n'as rien à me dire! Tu es le laquais de Salazar et tu crois qu'en France, tu peux me donner des ordres?

— Traître! répliqua le pilote.

Fischer leur ordonna immédiatement d'arrêter. Il s'adressa ensuite à l'Angolais.

— Son Altesse Prince Antonio, je présume?

L'Africain confirma son identité en sortant ses papiers.

— C'est bien moi. Heureux de retrouver Paris, même si c'est pour quelques heures seulement.

Il tendit la lettre de Santiago Miranda lui conférant le statut d'envoyé spécial de Salazar.

Le lieutenant y jeta un coup d'œil rapidement. Il avait reçu des ordres précis du major Baumeister et devait agir vite.

— Vous allez en direction de l'Hôtel Majestic, dit-il au prince et au pilote. Mes supérieurs ont des questions à vous poser. Gardes, apportez la voiture. On va au 19, avenue Kléber!

Fischer s'adressa ensuite à Léandro Barros.

— Un comité d'accueil vous présentera à l'état-major. On vous trouvera un uniforme et des galons dignes de votre rang.

Le chef de la Brigade suprême le remercia avec effusion. Sa servitude provoqua une expression de dégoût chez Esteves, pressé de s'éloigner de Barros.

Les trois soldats claquèrent des talons et l'un d'entre eux fit signe à une voiture au loin, sur la piste. Elle s'approcha à grande vitesse. Prince Antonio comprit qu'on allait probablement tenter de lui faire avouer son trafic de diamants à Paris. Il palpa dans sa poche intérieure le laissez-passer que Fischer lui avait rendu. C'était son seul espoir de retourner à Lisbonne avec l'abbé Eusébio da Silva, le prisonnier des nazis.

Les trois hommes entrèrent dans une Citroën traction avant. On indiqua à Léandro de s'asseoir devant, à côté du chauffeur militaire. Derrière, le prince et l'oiseau de feu prirent place, suivis de l'officier parlant portugais. Il avait un pistolet au poing.

Une autre voiture, une Simca 5 à deux portières, les suivait. Le prince distingua deux hommes en civil et demanda à Fischer de qui il s'agissait.

— C'est la Gestapo française, répondit-il en gardant son Luger dans sa main.

Le pilote exprima sa forte désapprobation.

— Nous sommes venus sous la protection de Son Excellence Antonio de Oliveira Salazar. Votre arme en main est un affront! On ne vous accueillerait pas comme ça à Lisbonne. Sachez que nous sommes profondément offusqués!

Le lieutenant Fischer sourit avec fausse désinvolture.

— Allons, ne le prenez pas mal. C'est strictement pour nous protéger d'éventuelles attaques de fanatiques communistes. Vous venez d'un pays ami, je le sais.

Les deux véhicules se dirigèrent vers le bureau de la Gestapo où Baumeister les attendait de pied ferme.

## Une attente longue et dangereuse

JEAN DE Dieu et Hans s'inquiétaient pour Prince Antonio. Ils savaient qu'il se trouvait à Paris. Les deux hommes, assis dans la cuisine du Croissant doré, guettaient la venue de leur amie, Jenny. L'endroit n'était pas sûr. Après tout, Hans avait abattu deux policiers au service de la Gestapo dans ces lieux. Mais ils ne disposaient pas de beaucoup de temps pour se rencontrer ailleurs. Jean de Dieu comptait sur le fait qu'on n'avait jamais retrouvé les corps des policiers pour faire la relation avec ce café. Toutefois, Armando avait été convoqué à la police judiciaire. L'adresse du Croissant doré figurait dans le carnet d'un des disparus.

L'investigation s'était éloignée du café quand deux résistants communistes avaient avoué sous la torture être les auteurs du double meurtre, même s'ils n'avaient jamais pu dire où se trouvaient les corps. Malgré cela, il fallait rester vigilant. Parmi la clientèle du café, Armando remarquait des visages qu'il n'avait jamais vus auparavant.

Jenny arriva avec dix minutes de retard. Elle portait un tailleur noir à rayures. Sa chemise blanche à col large était déboutonnée à l'encolure. Sur sa tête était assis un chapeau à plumes. La jupe de son tailleur finissait mi-mollets et au bout de ses jambes, des chaussures à talons en bois lui donnaient quelques centimètres de plus.

Elle salua Armando et s'assit à une table, loin des oreilles indiscrètes. La jeune Chinoise déposa son sac en bandoulière et prit un paquet de cigarettes dans la poche intérieure de sa veste. C'était le signe qu'elle n'avait pas été suivie et que tout allait bien. Jean de Dieu sortit de la cuisine par l'arrière et fit son entrée comme s'il venait d'arriver également. Il alla s'asseoir avec Jenny et lui alluma sa cigarette.

— T'es en retard.

— On dirait que ce matin, les Allemands sont à cran. J'ai dû montrer mes papiers plusieurs fois pour venir ici, dit-elle à voix basse pour justifier ce retard.

Il avait remarqué aussi la nervosité des militaires allemands, ce matin-là. La rumeur qui circulait disait que les services secrets allemands recherchaient un opérateur clandestin dans Paris qui communiquait en code morse avec Londres grâce à un émetteur-récepteur.

— Il paraît qu'ils recherchent un « pianiste ».

La Chinoise hocha de la tête. Elle n'eut pas besoin de plus d'explications.

— Je ne peux pas rester longtemps, annonça-elle, en dépliant un journal pétainiste. Le colis est arrivé. Il est au Majestic.

— Merde ! Il est tombé dans la gueule du loup.

La Chinoise haussa les épaules et soupira pour toute réponse.

— Tu es sûre qu'il est là-bas ?

— Aussi sûre que demain il fera jour.

Jenny le regarda du coin de l'œil.

— C'est un client qui me l'a dit. Il tient à m'impressionner.

— Ils ont l'intention de l'interroger sur ses cailloux, commenta l'Africain.

Jean de Dieu se mordit la lèvre, préoccupé.

— En tout cas, ça sent le roussi. Ils vont le torturer et connaître ton adresse.

— Mon patron ne sait pas où j'habite. C'est fait exprès.

— Mais Prince Antonio connaît ton vrai nom.

— Il ne parlera pas.

— Tout le monde finit par parler. Je crois qu'il est temps de quitter Paris, proposa Jenny dans un murmure.

La proposition fit sourire son amant.

— Je ne partirai pas sans lui. Après tout, il est venu nous chercher. Ses cailloux valent beaucoup d'argent, mais il met sa vie en péril pour Hans et moi.

Jenny n'eut rien à ajouter à cela.

— S'il passe des heures au Majestic, ça voudra dire qu'on le cuisine au sous-sol. Dans ce cas, ne rentre pas chez toi. Avec ton vrai nom, ils finiront par retrouver ton domicile. Viens chez moi.

Elle n'attendit pas sa réponse.

— Je t'ai apporté de la lecture, annonça-t-elle.

Elle se leva immédiatement et poussa son journal sur la table. Les clients, le nez dans leurs cahiers d'étudiants, ne firent pas attention quand elle lui fit un clin d'œil avant de disparaître parmi les piétons matinaux allant à l'usine.

L'Africain prit le journal sous le bras, sortit et retrouva la cuisine du café. Hans l'attendait, les yeux scrutateurs. Armando abandonna ses clients quelques instants. Jean de Dieu s'assit, soucieux.

— Alors ? demanda Hans.

— J'ai bien peur que le patron soit tombé dans un piège.

— Mais il nous a dit qu'il venait comme envoyé spécial des Portugais, fit remarquer Armando, en s'essuyant les mains sur son tablier.

— Allons le sauver, proposa Hans, montrant le pistolet à l'intérieur de sa veste.

— T'es fou ? Il est au Majestic. On ne franchirait même pas la porte du rez-de-chaussée avant d'être abattus, fit remarquer Jean de Dieu.

— J'ai des copains qui ne rêvent que d'en découdre avec ces sadiques en uniforme, répliqua le chauffeur du prince. Avec eux et une ruse, c'est faisable, conclut Hans.

Jean de Dieu secoua la tête. Il admirait l'enthousiasme et le courage de son ami. Cela dit, toute tentative d'entrer au Majestic était suicidaire.

— On doit être plus malins que l'ennemi, dit-il, en ouvrant le journal.

Il y trouva une belle surprise. Jenny avait noté le numéro direct du major Baumeister au Majestic.

Hans et lui se regardèrent, impressionnés. Cette femme savait comment s'y prendre pour obtenir ce qu'elle voulait. Elle aurait pu lui dégoter le numéro de téléphone du ministre Joseph Goebbels.

— T'as parlé de ruse, Hans ? C'est ce qu'on va faire. On va l'appeler, conclut Jean de Dieu.

Hans rit de bon cœur. Armando trouvait l'idée géniale aussi. Ils se mirent à discuter du scénario.

## Prince Antonio face au major Baumeister

LE MAJOR attendait ce moment depuis longtemps. Il se tenait debout au centre de son grand bureau, les bras croisés et la mine victorieuse.

Le lieutenant Betz venait de lui donner le dossier que la Gestapo avait sur Prince Antonio. Le document contenait dix pages. On y trouvait des rencontres photographiées avec des hommes d'affaires russes et suisses dans des restaurants parisiens de luxe. Des allégations de corruption de policiers et des accusations d'espionnage pour le NKVD. D'autres témoignages faisaient de lui un homme à la solde du Portugal. Cependant, tout cela relevait plus de rumeurs qu'autre chose. Aucune preuve tangible ne venait étayer les diverses déclarations. Quant à Prince Antonio, il se disait étudiant en ethnologie.

Baumeister ordonna au lieutenant Fischer de rester pour traduire. Tiago Esteves et Prince Antonio ne disaient mot. Non loin, deux militaires portaient chacun une mitraillette automatique. Les sbires menottèrent le prince sur ordre du major. Le pilote, rouge de colère, exigea qu'on le libère.

— Je vais me plaindre aux plus hautes instances de mon pays, s'exclama le capitaine Esteves. Je répète que cet homme est l'envoyé spécial du gouvernement portugais et il jouit de la haute confiance de mon président. J'exige que vous le libériez immédiatement!

Après traduction, Baumeister resta impassible. Il avait le prince entre ses griffes. Ça voulait dire qu'il allait devenir riche. Ses diamants allaient devenir les siens. Le nazi vendrait ces pierres précieuses en Amérique latine. Il disparaîtrait sans laisser de trace. L'homme s'imaginait déjà avec une Brésilienne à chaque bras. Abandonner l'armée, son épouse et sa fille lui procurait une sensation de bien-être. Il voulait être plein d'argent et célibataire.

Baumeister déposa le dossier du prince sur son bureau, à côté de ses piles habituelles.

— Capitaine Tiago Esteves, héros de la guerre d'Espagne. On vous surnomme « l'oiseau de feu ». J'ai entendu parler de vous et de vos exploits. C'est dommage que vous ayez accepté de vous associer à un Noir, en plus trafiquant de diamants. Soyez heureux que je ne vous mette pas les menottes, vous aussi.

Le pilote fulmina sans lui répondre.

Ensuite, Baumeister fit un signe de tête au lieutenant Betz, qui invita le pilote à le suivre. L'oiseau de feu tenta de protester, mais les soldats aux mitraillettes firent un pas vers lui.

— Allez voir votre avion. Il y a sûrement quelque chose à préparer avant le décollage.

Fischer traduisit l'ordre et le pilote comprit qu'il ne servait à rien de résister. Il sortit sous bonne garde. Tout cela allait mal finir, conclut-il en son for intérieur.

Le major, enfin débarrassé d'Esteves, se concentra sur sa proie.

— Je savais que vous reviendriez.

Il ouvrit le dossier du prince.

— Vous vous appelez Antonio Jose Henrique Dos Santos Mbwafu. On vous surnomme « Prince Antonio » et vos origines sont angolaises. Vous vous dites étudiant à l'Institut d'ethnologie de Paris. D'après vos enseignants, vous êtes studieux et brillant. Ils n'ont que des éloges à faire sur vous.

Le major se tut pour laisser Fischer traduire.

— Vous êtes aussi connu dans le monde interlope parisien comme un trafiquant de diamants notoire.

Il lui montra des photos de lui en compagnie d'hommes mûrs au Ritz.

— Ce sont vos clients. De riches commerçants qui achètent à prix d'or les pierres précieuses que votre père vous fait parvenir d'Angola, par bateau, via le port de Lisbonne.

L'Africain secoua la tête pour tout commentaire.

— Vous maniez le couteau avec dextérité et vous avez la réputation de ne laisser aucun témoin embarrassant vivant. Si vous ne pouvez pas les corrompre, vous les assassinez. Quelque chose à redire, Prince Antonio ?

Son Altesse attendit la traduction et d'un sourire narquois répondit en portugais :

— D'abord, ces menottes sont ridicules. Je ne me considère pas comme un fugitif. Je suis l'émissaire du président Salazar qui tient à la libération de son ami, l'abbé Eusébio da Silva. À Paris, j'étudie l'ethnologie. Mes rencontres dans ces photos sont dans le cadre de recherche de mécènes pour une expédition ethnologique en Afrique.

— J'ai bien peur que votre réputation de malfrat vous ait précédé, rétorqua le major.

— Non, je ne suis pas un malfrat. Je m'appelle Prince Antonio, héritier du trône du royaume Kongo. Les accusations contre moi sont sans fondement. J'ai de l'argent, c'est vrai. Mais c'est normal. Je suis l'héritier d'un royaume riche en minerais précieux comme l'or et le diamant.

— Votre royaume a fondu considérablement depuis la colonisation portugaise. Bientôt, vous n'existerez plus.

La provocation déplut grandement au prince. Il répondit en serrant les dents de mépris.

— Le royaume Kongo renaîtra de ses cendres, une fois libéré de la colonisation, et il sera un des plus riches au monde.

Baumeister le regarda droit dans les yeux :

— L'Afrique ne sera jamais libre. Vous n'êtes pas civilisable.

La traduction de Fischer fit apparaître un rictus moqueur sur les lèvres du prince.

— Regardez-moi faire, conclut le prince.

Baumeister changea immédiatement de sujet de conversation. Il sentait qu'il perdait pied, loin de son sous-sol. Les cris des suppliciés, le bruit de chaînes et les traces de sang aux murs auraient fait perdre au prince de son aplomb.

— Vous savez ce que nous recherchons. Tout trafic illégal doit être puni et le fruit de ce trafic sera rendu à la justice allemande.

— Il y a erreur sur la personne. Je vous le répète, je suis étudiant.

Le major fit la sourde oreille.

— Qui sont vos hommes de main? Je sais que vous avez de l'aide à Paris.

Il mit les portraits-robots de Jean de Dieu et de Hans devant lui.

— Ça pourrait être n'importe qui, commenta le prince. Il s'agit peut-être des deux membres de mon personnel, consentit-il. En tant que représentant de la famille royale du Kongo, mon père, le vénéré Pedro VII, m'a permis d'avoir un chauffeur et un traducteur.

Baumeister appela Betz. Celui-ci lui fournit deux autres résumés, moins épais.

— Vous faites référence à Joao de Deus Kassoma, alias Jean de Dieu. Je l'ai rencontré une fois et je l'ai pris pour vous. La raison est simple, c'est lui qui se présente à vos cours sous votre nom à l'Institut d'ethnologie et c'est pour ça que les professeurs parlent d'un francophone. Selon ses papiers, il serait originaire d'Angola, comme vous. Mais son français n'a pas le moindre accent portugais. Très suspect.

Il poursuivit en parcourant l'autre dossier.

— Le second individu est métis. C'est un de ces bâtards de Rhénanie. Il se fait appeler Jules Montlouis et traîne avec des musiciens antillais qui jouent cette musique de dégénérés, qu'on appelle « jazz ». Il aurait la gâchette facile. Des policiers français qui enquêtaient sur lui ont disparu dans des circonstances non élucidées.

Baumeister fit une pause pour le traducteur.

— On connaît sa vraie identité. Il s'agit de Jakob Moussa Cissé. Il est entré illégalement en France à la recherche de son père, un déserteur de l'armée française. Un tirailleur sénégalais qui a engrossé une Aryenne.

Le major enleva son monocle, souffla dessus, le nettoya avec un mouchoir blanc et le tint dans la lumière pour s'assurer de sa propreté.

— Alors, maintenant que vous voyez qu'on sait bien des choses sur vous, je vous conseille d'avouer votre exportation illégale de pierres précieuses d'Angola. L'État allemand saisira vos gains illicites comme il le fait pour les biens illégaux des Juifs de France. Ensuite, on vous jugera. Si vous coopérez, peut-être que je vous ferai éviter le peloton d'exécution.

Les accusations du major n'ébranlèrent pas le prince. Il écouta la traduction et haussa les épaules, peu impressionné.

— J'ai l'intention de retourner à Lisbonne avant la tombée de la nuit avec le capitaine Tiago Esteves.

Il montra ses menottes au major.

— En ce qui concerne vos accusations, j'estime que tout cela est un malentendu. Vous faites erreur sur la personne. Les Africains se ressemblent tous aux yeux des Blancs. Je n'ai jamais trafiqué de diamants de ma vie.

La réponse provoqua la colère de l'officier nazi. Il empoigna Prince Antonio par le col et froissa sa cravate en soie ainsi que sa veste de luxe.

— Tu vas me répondre ou je t'emmène au sous-sol. Là-bas, j'ai d'autres méthodes de persuasion. Je ne crois pas qu'un petit dandy comme toi puisse tenir plus d'une minute entre mes mains. Je serais très heureux de te montrer le supplice de la baignoire. Tu avales la tasse jusqu'à perdre conscience. Alors quel est ton choix?

Fischer se dépêcha de traduire. L'Africain ne répondit pas. Il observait le major avec une haine inégalée dans les yeux. Il attendait qu'il le lâche. Ce que le nazi fit avec dédain, puis s'essuya les mains sur la veste de l'Angolais.

Le prince, indifférent, s'adossa à son siège et attendit la suite. Baumeister le gifla pour lui enlever son air arrogant. L'Angolais resta imperturbable. Baumeister allait recommencer du revers de la main en sachant que sa bague à tête de mort, cadeau de Himmler, allait blesser le prince, mais le téléphone l'interrompit.

Il vitupéra d'énervement. Magda se trouvait au bout du fil.

— J'espère que cet appel est de la plus haute importance. Vous savez comme je déteste être interrompu quand je travaille!

Magda dut tenir le combiné à distance pour ne pas avoir mal aux tympans.

— C'est un appel du bureau du président Salazar.

Sa gorge se noua immédiatement. Tout ça pour un Noir? Comment le service d'espionnage portugais avait-il obtenu son numéro direct?

— Passez-moi l'appel.

Magda se dépêcha.

— Major Baumeister?

— Oui, c'est moi. À qui ai-je l'honneur?

— Joao de Deus Kassoma. Vous souvenez-vous de moi? J'étais dans mon bain et j'ai dû sortir dans mon plus simple appareil. J'espère que je ne vous ai pas donné des complexes.

L'entrée en matière était percutante. Hans, se faisant passer pour un officier allemand, s'était adressé à Magda, prétendant que le conseiller personnel de Salazar voulait parler à son patron. Quand la jeune femme avait entendu l'accent d'Armando qui mêlait portugais et français sur un ton colérique, elle s'était dépêchée de transférer l'appel.

Le nazi se rendit compte que sa secrétaire s'était fait berner. Il ne tenait pas à révéler la situation à son prisonnier ni au lieutenant Fischer pour garder le contrôle de l'interrogatoire. Alors il joua le jeu.

— Que voulez-vous?

— Trêve de formalité, Baumeister. Je t'appelle pour te proposer un marché. Tu as quelque chose que je veux et j'ai quelque chose que tu aimerais obtenir.

— De quoi parlons-nous?

Son ton froid et ses propos laconiques intriguèrent à la fois le prince et Fischer. Ils tendirent l'oreille avec discrétion.

— J'ai les diamants. C'est ce que tu cherches, n'est-ce pas?

— Oui, exactement.

— Je les ai sous les yeux, en ce moment. En retour, je veux un laissez-passer pour mon ami et moi. Au nom de Joao de Deus Kassoma et Jules Montlouis. On veut aller faire un tour en Suisse. L'air frais à la campagne nous fera du bien.

Le nazi croisa le regard du lieutenant Fischer qui écoutait attentivement et tentait de comprendre ce qui se tramait. Baumeister craignait que cet homme ne rapporte tout à son supérieur. Il avait déjà désobéi aux ordres de Von Bose en menottant le prince et en le brutalisant. Il n'était supposé que de le flatter et de le corrompre afin qu'il travaille pour l'espionnage allemand.

— D'accord, dit-il. Je vous écoute.

— Ramène mon patron à son domicile, à l'appartement de La Muette. Je serai là avec le sac contenant les diamants. Tu me donneras les laissez-passer au même endroit.

Baumeister ne pouvait pas alerter ses supérieurs. Sinon, il aurait été contraint de confier les diamants au trésor allemand. Il voulait le butin pour lui.

— D'accord, dans une heure, dit-il à haute voix. Je vais en informer le général Von Bose.

Jean de Dieu savait qu'il n'en ferait rien.

— Passez-moi le prince, exigea l'Africain.

— Non.

— Passez-le-moi. Je dois m'assurer qu'il est en vie. Sinon, pas de diamants.

Baumeister, décidé à obtenir les pierres précieuses, accepta et déclara à haute voix pour que Fischer entende.

— Je vous passe Prince Antonio. Il va vous dire lui-même que tout va bien.

Une fois le combiné tendu au prince, celui-ci le prit de ses deux mains menottées. Baumeister comptait sur Fischer pour obtenir une traduction des propos du prince en portugais.

Quelle fut la surprise du nazi de constater que les deux hommes se parlaient en une langue africaine! Baumeister et Fischer se regardèrent, choqués. Le major, derrière son bureau, ordonna au lieutenant de reprendre le combiné. Ce dernier hésita, car il pensait qu'on n'interrompait pas un appel du bureau de Salazar, même dans une langue africaine. Il ne voulait surtout pas être au cœur d'un incident diplomatique. Baumeister insista et se leva pour le faire lui-même. Il arracha le téléphone des mains du prince qui se contenta de sourire et de tendre ses mains pour qu'on lui enlève ses entraves.

« Comment ose-t-il parler cette langue de barbare dans son bureau ? »

Des primitifs resteront des primates! cria Baumeister, furieux.

Fischer se pressa de traduire en portugais pour se racheter.

— Enlevez-moi ces menottes et gardez vos mains loin de mon visage, conseilla le prince, conscient de ce qui allait suivre.

Baumeister se gratta la nuque, embêté. Ce Noir n'avait vraiment pas peur de lui. Mais il voulait les diamants et fit signe à un garde non loin, debout, de le détacher.

Le lieutenant Fischer conclut :

— Alors je suppose qu'on n'a plus besoin de faire descendre le prince au sous-sol ?

Cette question tira Baumeister de ses supputations.

— Je crois qu'il est temps pour vous, Lieutenant, de retourner à votre poste au Bourget, annonça-t-il.

Il se leva en lui montrant la porte.

— L'interrogatoire est fini ?

— Oui. Je n'ai plus besoin de vous.

Le militaire fit le salut protocolaire en claquant des talons et sortit, ses gants de cuir dans sa main droite. Il était soulagé de ne pas avoir à en faire davantage. Il ne tenait pas à traduire les propos d'un torturé.

Le major se rendit compte qu'en renvoyant Fischer, il fallait maintenant parler anglais au prince. Baumeister maîtrisait cette langue. Toutefois, il ne voulait pas s'exprimer dans le langage de l'ennemi.

Il fit venir Magda pour traduire. Elle annonça au prince qu'une fois à son appartement, le gouvernement allemand confisquerait ses diamants. L'Africain sourit de façon énigmatique.

— Je ne suis qu'un étudiant en ethnologie.

Il rajusta ses boutons de manchettes et poursuivit en anglais :

— Vous ne semblez pas me croire. Un prince ne ment jamais, surtout pas aux belles femmes.

Magda devint rouge d'embarras. Cet homme avait un don de séduction indéniable.

Pour rompre le charme du prince, Baumeister lança ses ordres d'un ton péremptoire.

— Faites préparer ma voiture, Magda, et dites à Hermann de se tenir prêt. Je vais descendre avec le sauvage.

La secrétaire s'exécuta sans poser de question. Ensuite, Baumeister ordonna aux deux gardes de le suivre et d'encadrer le prince dans la voiture. Lui s'assit à côté de son chauffeur. Dehors, les Parisiens vaquaient à leurs occupations, ignorant tout des machinations de Baumeister.

* *
*

Ils arrivèrent à La Muette sans fanfare ni trompette. Baumeister sortit de sa Citroën. Les gardes restèrent dans la voiture avec le prince. Il ne voulait pas faire paniquer les locataires de l'immeuble. Ces diamants devaient lui être donnés sans violence. Une fois en sa possession, ce serait une autre histoire. Il prit l'ascenseur en compagnie d'Hermann. Personne ne dit mot. Les deux laissez-passer se trouvaient dans la poche de son uniforme. S'il avait pu monter dans l'appartement avec le prince, il l'aurait fait. Cependant, le major le considérait comme un homme dangereux. Il ne fallait surtout pas se trouver seul avec lui. Hermann portait un pistolet automatique, camouflé sous sa veste. Lui arborait un Luger à la ceinture. Ni l'un ni l'autre n'étaient des tireurs d'élite, toutefois ils savaient se servir d'une arme.

Baumeister n'eut pas le temps de cogner à la porte qu'Hans lui ouvrit, l'œil carnassier. Il portait un costume noir et sa cravate à pois allait avec son Panama.

— Entrez, on vous attendait, fit-il remarquer en allemand.

Sa veste déboutonnée laissait voir son pistolet à la poignée en ivoire.

À la vue de l'arme, le nazi fit signe à Hermann de ne pas réagir.

— Où est Jean de Dieu ? C'est avec lui que j'ai discuté.

— Je suis ici, annonça le bras droit du prince.

Son costume kaki et sa cravate blanche lui donnaient un air distingué. Sa veste ouverte montrait des bretelles épaisses à bouts chromés. Il ressemblait à un croupier de casino qui contrôlait les paris. Le fedora incliné et la cigarette au coin des lèvres complétaient l'image du dandy imprévisible. Appuyé dans l'encadrure de la porte menant vers les chambres de l'appartement, il fit glisser le sac noir au milieu du salon luxueux comme s'il plaçait un pari. Le bruit métallique à l'intérieur figea Baumeister et son chauffeur, toujours dans le vestibule.

Le major fit mine de s'approcher pour ouvrir le sac noir et Hans lui dit :

— Pas touche. Où est Son Excellence Antonio ?

— En bas. Tu ne pensais pas que j'allais le laisser monter en même temps que nous. Ça ferait trois contre deux. C'est vrai, tu ne sais pas compter.

Hans s'approcha lentement de l'officier allemand comme pour lui apprendre à être plus poli. Hermann s'interposa et se tint entre les deux hommes. Hans remarqua qu'Hermann portait une arme aussi.

— Dis à ton chauffeur de ne pas toucher à son petit joujou. Jean de Dieu tire plus vite que son ombre.

En effet, l'Africain attendait le moindre geste brusque d'Hermann pour l'abattre à la vitesse de l'éclair.

Le major calma l'atmosphère.

— Allons, passons à la transaction. Une fois que j'aurai vu les diamants, Hermann descendra pour dire à mes hommes de libérer le prince angolais.

— Je vois que vous avez pensé à tout, commenta Jean de Dieu.

Il écrasa sa cigarette dans un cendrier près du rebord d'une fenêtre et invita le major d'un signe de tête à s'approcher du butin.

Baumeister desserra les lanières en toile et vit une dizaine de diamants briller de tout leur éclat dans un étui en cuir. Il y avait également deux colliers en argent décorés de pierres précieuses aux reflets verdâtres et bleu azur. Il les orienta vers la lumière et sourit de satisfaction. Il s'y connaissait en diamants à cause de ses années en Pologne à piller les trésors des familles bourgeoises juives pour le compte de ses généraux. Il y en avait assez pour disparaître dans un pays pauvre, à Caracas ou à Santiago de Chili, et y vivre le reste de sa vie à l'abri du besoin.

Il referma le sac avec précaution sous les regards de tous et l'empoigna.

— Pas si vite. Les laissez-passer, ordonna Jean de Dieu.

Il avait sorti son arme et la tenait contre sa jambe. Hermann voulut en faire autant, mais Hans visa sa tempe avec son 9 mm à la poignée en ivoire.

— Ne bouge pas.

Le chauffeur resta immobile.

— Voilà les laissez-passer, annonça le major, en sortant doucement les documents de sa poche intérieure. Vous n'aurez aucun problème à quitter le territoire français avec ça. On va même vous faire une haie d'honneur.

Sa boutade le surprit lui-même. Il se sentait riche et comblé. Ce butin, il le méritait. Après tous les services rendus à canarder les Juifs, fomenter des exécutions et torturer au nom du Troisième Reich, Baumeister espérait une récompense. Enfin, l'officier estimait qu'il récoltait sa juste part dans cette guerre. Il s'imagina en compagnie de femmes vénales, le champagne coulant à flots.

Hermann remarqua la mine enjouée de son chef. Ce n'était pas dans ses habitudes d'avoir le sourire aux lèvres. Son comportement étrange l'intrigua.

Jean de Dieu lut les documents et annonça à Hans :

— Nous sommes des notables du Congo belge de retour d'une conférence à Berlin présidée par Himmler !

Baumeister insista.

— Vous passerez aux frontières, c'est garanti. Ma signature vaut de l'or et vous avez tous les tampons nécessaires.

Il se munit du sac en toile et se tourna en direction d'Hermann. Ce dernier tendit la main pour le saisir.

— Non, je le garde. Descends et ordonne aux hommes de laisser Prince Antonio monter. Ensuite, attends quelques minutes. Si je ne te rejoins pas, dis-leur de venir me chercher.

— Allons, vous devez nous faire confiance. On respecte notre parole, fit remarquer Hans, en baissant son arme.

Hermann le contourna à pas de velours, comme s'il se doutait que n'importe quel faux pas pouvait le faire exploser. Il ne se sentait pas à la hauteur. Ces deux Noirs l'intimidaient, même s'il possédait une arme lui aussi.

Il descendit rapidement les escaliers pour libérer Prince Antonio. Entretemps, Baumeister et Jean de Dieu se regardaient en chiens de faïence. Hans tourna les talons et suivit Hermann sans que celui-ci ne s'en rende compte.

Le major serra le sac contre lui et conclut que ces deux Noirs étaient des amateurs. Comment pouvaient-ils penser s'en sortir ? Une fois en bas, il lancerait ses deux soldats à l'assaut de l'appartement du prince. Ceux-ci cribleraient les lieux de balles, même les laissez-passer ne seraient plus reconnaissables dans la poche de Jean de Dieu. Baumeister s'occuperait d'Hermann, dans la voiture, pour éliminer le seul témoin de la transaction avec les Noirs. Puis il appellerait du renfort afin de rendre la procédure officielle. Quant aux diamants, rien trouvé.

Ces novices le faisaient rire au fond de lui. Lui n'avait pitié de personne. Le capitaine Tiago Esteves rentrerait avec l'abbé Da Silva à Lisbonne, sans le prince. Devant ce fait accompli, le général Von Bose devrait trouver un mensonge diplomatique. Lui, Baumeister, serait déjà en chemin vers Buenos Aires sous une fausse identité.

Au pied de l'immeuble, Hermann s'était acquitté de sa tâche dans un anglais boiteux. Prince Antonio avait quand même compris. Il quitta lentement le véhicule, s'étira et rajusta son Panama. Tout cela énerva Hermann :

— Fais vite !

Les deux soldats ne le quittaient pas du regard. Cela ne semblait pas déranger l'Angolais. Il salua gentiment une locataire qui sortait de son immeuble et qu'il croisait souvent le matin, puis passa les portes de l'entrée de l'immeuble. Une fois loin des regards, il pressa le pas. Il ne se dirigea pas vers la cage d'escaliers ni l'ascenseur. L'Angolais s'éclipsa par la porte arrière de l'immeuble. Il fit ce que Jean de Dieu lui avait ordonné en swahili quand il lui avait parlé, plus tôt au téléphone, dans le bureau du major.

Une fois derrière son immeuble, il s'engouffra dans un véhicule cylindré dans lequel l'attendait Hans, au volant.

— Heureux de vous revoir, patron, commenta le chauffeur. Ils se parlaient anglais.

— Moi aussi, Hans, répliqua le prince, en lui mettant la main sur l'épaule en guise de salut.

— Où est Jean de Dieu ?

— Il ne devrait pas tarder, conclut Hans, en regardant dans son rétroviseur.

Là-haut, Baumeister fit un salut de la tête à Jean de Dieu et sortit rapidement pour rejoindre la voiture qui l'attendait. Il décida de prendre les escaliers pour arriver plus vite. Le sac contre son flanc droit, le major enjamba les marches deux à deux. Jean de Dieu alla sur la terrasse de l'appartement, mit le ventilateur du prince en marche devant des piles de feuillets et quitta les lieux à la hâte.

Pendant sa descente, le ventilateur fit voler les feuillets au bord de la balustrade et les copies s'éparpillèrent d'abord dans les airs, ensuite retombèrent à l'entrée de l'immeuble et sur le trottoir.

Baumeister, installé dans la voiture, allait envoyer les deux hommes vider leur fusil-mitrailleur au domicile du prince, quand il vit une pluie de papiers atterrir sur le parebrise de la Citroën. C'étaient des photos agrandies et à travers le pare-brise, il reconnut son visage. Baumeister tendit la main pour en prendre une et constata qu'il s'agissait de ses moments intimes avec Angèle, sa maîtresse, depuis volatilisée.

Pris de panique, il se pressa de ramasser les photos avant qu'elles n'intéressent les passants. Il pouvait déjà en compter une trentaine sous ses pieds. Il leva la tête et vit qu'elles provenaient de l'appartement du prince.

— Montez et abattez-moi ces animaux!

Pendant que ses hommes filaient à l'étage, des badauds s'étaient déjà servis de l'autre côté de la rue et regardaient le major dans ses ébats, puis le reconnaissant en uniforme, ils pressaient le pas, les photos en main.

Jean de Dieu, caché dans un angle sombre du rez-de-chaussée, vit passer les deux soldats qui grimpèrent les marches, le visage révulsé de colère. Comment pouvait-on humilier leur chef de cette façon? Ils allaient le payer, ces Noirs impertinents.

L'Africain sortit de sa cachette et s'approcha du véhicule du major, l'arme au poing.

— Personne ne bouge. Passez-moi le sac. Vite.

Hermann leva les mains en l'air, immédiatement. Il n'allait pas être abattu pour le major Baumeister. Son chef se tourna vers lui.

— Mais fais quelque chose! C'est un ordre!

Hermann lut l'intention homicide dans les yeux de Jean de Dieu.

— Il va tirer, chef! Il vaut mieux faire ce qu'il dit.

Sa réaction révulsa Baumeister, qui exigeait de ses subalternes l'obéissance absolue.

— Tu es malade? cria Baumeister. Désobéir à un ordre direct de son supérieur mérite le peloton d'exécution!

Mais le chauffeur garda les mains en l'air. Il voulait retourner un jour en Allemagne et en un seul morceau.

L'Africain s'approcha avec son Ruby pointé sur le major, convaincu que le chauffeur ne jouerait pas les héros. Il s'empara du sac en toile aux pieds de l'officier. puis recula en le tenant en joue. Jean de Dieu avait un sourire sibyllin et disparut dans le hall de l'entrée.

— Espèce de lâche! cria Baumeister à Hermann. Dépêche-toi, rattrape-le! Le Noir s'est enfui!

Ce fut à cet instant qu'Hermann comprit que son chef avait l'intention de garder les diamants pour lui. Cette révélation mit fin à toute intention de poursuite. Au contraire, le chauffeur se promit de dénoncer le major à la première occasion. Il voulait bien déposer le major la nuit chez ses conquêtes féminines sans en informer le général Von Bose, cependant il était hors de question de l'aider à détourner des diamants.

Le major vit que son chauffeur avait compris ce qu'il mijotait. Il fallait agir vite et faire taire le seul témoin de sa transaction avec les Noirs. Il dégaina son Luger et logea une balle dans la tête de son chauffeur. Certains Parisiens fuirent pour se mettre à l'abri après le coup de feu. D'autres restèrent à bonne distance et virent le nazi abattre Hermann. Il tenta de rattraper Jean de Dieu, mais se heurta aux deux soldats descendant les escaliers.

— Il n'y a personne là-haut, chef!

— Je sais, bande d'abrutis ! Ils sont en train de fuir !

Ils entendirent la voiture de Hans démarrer sur les chapeaux de roue. Les trois hommes tentèrent de trouver la porte de sortie et se trompèrent. Finalement, ils réussirent, mais l'auto n'y était plus.

— Venez, on va les rattraper, commanda le chef, essoufflé.

Quand ils se précipitèrent vers la Citroën, il y avait foule autour de la voiture. Des badauds commentaient les photos salaces et ricanaient. Pour les faire déguerpir, le nazi tira un coup de feu en l'air. Ce fut la débandade. Il n'y avait pas de temps à perdre pour rattraper les fuyards. Une fois la foule dispersée, il restait deux hommes en uniforme de la Wehrmacht, deux majors comme Baumeister, qui l'observaient intensément. Ils se rendaient sur les lieux d'un sabotage de train en banlieue quand on leur avait annoncé un attroupement suspect dans le 16e arrondissement de Paris. Ils étaient arrivés sous bonne escorte et avaient constaté la foule de gens hilares et les photos compromettantes.

— Major Baumeister, dit l'un d'eux, ses semelles sur les photos. Pouvez-vous m'expliquer ce qui se passe, ici ?

Baumeister le reconnut. Ils avaient fait la campagne de Pologne ensemble. Le visage de l'autre officier ne lui disait rien.

— Major Hoffman, je peux tout expliquer. Un Noir a abattu mon chauffeur, fit-il remarquer en montrant le corps d'Hermann, non loin.

— Ce n'est pas la version des témoins, rétorqua l'officier.

— Vous n'allez pas croire des badauds de race inférieure. La parole d'un major de la Wehrmacht est bien plus importante, comme vous le savez, répliqua Baumeister d'un air outré.

— Ce ne sont pas les badauds, les témoins. Ce sont deux majors de la Wehrmacht comme vous. On vous observe depuis un moment. Et vous avez raison, notre parole est bien plus importante.

Baumeister pâlit immédiatement et prit le ton de la confidence entre collègues.

— Je suis sur le point d'arrêter trois dangereux trafiquants de diamants. Si vous me laissez partir avec mes hommes, on les rattrapera et je répondrai à toutes vos questions. Vous verrez que tout cela n'est qu'un malentendu.

— De quels hommes parlez-vous ? demanda le second collègue.

Baumeister se tourna d'un côté comme de l'autre, mais les deux gardes n'y étaient plus. Ils s'étaient fondus dans la garde prétorienne à destination du sabotage. Baumeister se retrouvait seul à tenter de justifier cette descente pour récupérer des diamants que personne ne lui avait ordonné de chercher. Puis il y avait ces photos de lui dans le plus simple appareil, en pleine copulation sous les pieds des officiers nazis.

— Je crois qu'il faudrait nous donner votre arme et nous suivre. Je suis sûr que le général Von Bose, à l'Hôtel Majestic, sera surpris de voir à quoi vous jouez, pendant que nous subissons des attentats.

Baumeister s'imagina les yeux bleu acier du général. Ces yeux froids et scrutateurs pouvaient tuer. S'il ne finissait pas au peloton d'exécution, alors ce serait le front de l'Est.

— Vous êtes en train de faire une erreur, commença-t-il.

Mais on ne lui laissa pas le temps de finir. Deux gardes s'approchèrent et le désarmèrent. Ensuite, on le fit monter dans une jeep, avec les menottes au dos. Direction, le sous-sol de l'Hôtel Majestic, son lieu de prédilection. Mais cette fois-ci, c'était lui qu'on interrogerait.

# Retour au Bourget

HANS ROULAIT vite et passait de nombreux militaires sur le chemin. La Citroën volée portait un drapeau portugais à l'avant, du côté du chauffeur. Hans se disait qu'ainsi, les militaires hésiteraient à faire un contrôle. Le scénario marcha jusqu'à ce qu'ils arrivent à quelques minutes de leur destination. Vu qu'ils s'approchaient d'un aéroport, les vérifications s'imposèrent.

Le prince montra sa lettre signée de la main de Salazar et vu que l'abbé Da Silva l'attendait déjà sur la piste de décollage, les officiers au poste de contrôle étaient au courant de son départ. Les deux autres passagers montrèrent leur laissez-passer, comme conférenciers venus de Berlin. Ils arrivèrent sur le tarmac où se trouvaient Tiago Esteves, l'abbé Eusébio Da Silva et le lieutenant Fischer. Cette fois-ci, il n'y avait qu'un seul soldat de garde présent.

L'abbé était soulagé de voir le prince. Il voulait partir au plus vite avant que les nazis ne changent d'avis. Tout se passa en portugais.

— Vous m'avez fait peur! Nous étions supposés être partis il y a une heure de ça, dit l'abbé.

Le capitaine Esteves descendit de la cabine où il testait les instruments et, avec un grand sourire, fit l'accolade au prince.

— Sacré Prince Antonio, vous êtes un dur à cuire.

— Désolé pour le retard d'une heure, répondit l'Angolais. J'ai dû m'expliquer avec les autorités. Mais tout est rentré dans l'ordre.

— Où est le major Baumeister ? demanda le lieutenant Fischer, en regardant dans la voiture vide.

— Il a eu un empêchement de dernière minute. Il a dit qu'il vous fait totalement confiance pour indiquer à la tour de contrôle de nous laisser partir. J'emmène avec moi deux diplomates, des conférenciers venus de Berlin.

Fischer consulta le manifeste de voyage.

— Ce n'était pas prévu.

— Allons, commenta l'abbé, vous n'allez pas nous retenir ici à cause de ça !

Le lieutenant lut les laissez-passer de Jean de Dieu et Hans. La nouvelle de l'arrestation de Baumeister ne lui était pas encore parvenue. Il tamponna les documents et donna un signal au soldat présent afin qu'il donne le feu vert à la tour de contrôle.

Le pilote se frotta les mains.

— On va pouvoir retrouver la cuisine portugaise. Elle a dû vous manquer, mon cher Abbé.

Ils prirent place dans le Caudron C.440.

Le lieutenant remarqua que Jean de Dieu et Hans n'avaient pas de bagages. Il conclut qu'il s'agissait d'agents secrets, mais ne tenait pas à s'en mêler. Baumeister s'occupait d'espionnage et de contre-espionnage. Pas lui. Il ne fallait pas faire de vagues afin d'éviter d'aller combattre les Russes.

— Bon voyage, dit-il en portugais.

Il quitta la piste, Tiago Esteves mit les moteurs, et l'avion prit son envol quelques minutes plus tard.

Quand l'oiseau de feu confirma qu'ils étaient au-dessus de l'Espagne, on sentit un grand soulagement parmi les passagers. L'abbé exigea de faire une prière. Le prince alluma un cigare même si c'était interdit pendant le vol. Il songea à Suzy et au petit prince qu'il allait retrouver à Lisbonne. Sa poche de pantalon contenait les diamants convoités et les colliers arrachés au nazi. Jean de Dieu pensa à sa dernière nuit avec Jenny. Ça ne pouvait pas être la fin. Il fallait qu'elle le rejoigne. Il irait la chercher s'il le fallait. Hans se demandait s'il trouverait des bars de jazz intéressants à Lisbonne. Son patron lui avait promis un nouveau saxophone. Son saxophone commençait à montrer des traces de rouille à force d'être trimbalé dans de nombreuses chambres mal chauffées. Quant à Jean de Dieu, Prince Antonio accepta de lui offrir une nouvelle bibliothèque remplie de livres sur l'ethnologie, la philosophie et la littérature en général. Après tout, ces deux hommes avaient sauvé les deux êtres les plus chers de sa vie.

# Table des matières

Image de la couverture : Midjourney
Couverture et mise en pages : Anne-Marie Lemay-Frenette
Maquette : Anne-Marie Berthiaume
Révision : Sara-Lise Rochon

Achevé d'imprimer
sur les presses d'Imprimerie Gauvin
Gatineau (Québec) Canada

MIXTE
Papier
FSC® C100212